情報的文化史草稿

蜘蛛文库

My Mother, the Detective

饭桌追凶

James Yaffe

[美] 詹姆斯·亚飞 著

郭垚飞 译

浙江文艺出版社
Zhejiang Literature & Art Publishing House

MY MOTHER, THE DETECTIVE by James Yaffe
Copyright © 1997 by James Yaffe
Published by arrangement with Curtis Brown, Ltd.
through Bardon Chinese Creative Agency Limited
Simplified Chinese translation copyright © (year)
by Zhejiang Literature & Art Publishing House
ALL RIGHTS RESERVED
本书中文简体字版版权，浙江文艺出版社独家所有
版权合同登记号：图字：11-2023-453 号

图书在版编目(CIP)数据

饭桌追凶 /（美）詹姆斯·亚飞著；郭垚飞译.
杭州：浙江文艺出版社，2024.10（2025.2 重印）.
-- ISBN 978-7-5339-7731-3

Ⅰ．I712.45

中国国家版本馆 CIP 数据核字第 2024P7F274 号

丛书统筹	许龙桃		本书策划	徐 全
责任编辑	徐 全		装帧设计	储 平
责任印制	吴春娟		营销编辑	张 苇
封面插画	Besigner 老杨		数字编辑	姜梦冉 诸婧琦

饭桌追凶

[美]詹姆斯·亚飞 著　郭垚飞 译

出版发行	浙江文艺出版社
地　　址	杭州市环城北路 177 号
邮　　编	310003
电　　话	0571-85176953（总编办）
	0571-85152727（市场部）
制　　版	浙江新华图文制作有限公司
印　　刷	浙江新华印刷技术有限公司
开　　本	880 毫米×1230 毫米　1/32
字　　数	132 千字
印　　张	6.75
插　　页	3
版　　次	2024 年 10 月第 1 版
印　　次	2025 年 2 月第 5 次印刷
书　　号	ISBN 978-7-5339-7731-3
定　　价	56.00 元

版权所有　侵权必究

致弗雷德·丹奈的信

亲爱的弗雷德：

你曾说你希望有朝一日，有人能出版这本书。当然，它的存在归功于出版商道格拉斯·格林先生的热情与奉献，但首先离不开你身为编辑的慧眼和作为朋友的慷慨。

四十多年的光阴转瞬即逝。那时的我太年轻，太愚蠢，无以回报你为我所做的一切。我多么希望现在能当面感谢你。

致以我所有的爱
吉姆

引 言

我七八岁时就迷上了侦探小说。我犹记得,我读过的第一本侦探小说是柯南·道尔①的《红发会》,打那时起我就爱上了此类小说。然而,就像许多爱情故事一样,它也被幻灭、忽视和彻骨的憎恶搅动着。

我对侦探小说的看法经历了三个阶段:

首先,年幼时,让我着迷的是谜题,以及找到解谜方法时产生的特殊的满足感。我很早就意识到,我内心希望解谜方法会带来惊喜,尽管儿时的惊喜如今已不会令我多么惊讶。在我年少无知时,几乎所有诡计,无论多么显眼或蠢笨,都能骗过我。我现在才意识到,当时那种状态有多棒。我仿佛置身于侦探小说的伊甸园,热心、谦逊的挚友不会在我心中

---

① 柯南·道尔(1859—1930),英国作家。代表作为《福尔摩斯探案集》。——编者注。(若无特殊说明,本书脚注均为编者注)

勾起哪怕一丝怀疑，你完全可以用凶手是男管家的惊人真相震撼我（其实我尚未读到过凶手是个蠢老头的侦探小说）。

我的纯真年代并未持续多久。我很快就看透了侦探小说里的大多数惯用伎俩。我逐渐明白，若女主角同时被两个男性角色爱着，其中一人必定是凶手；若一具尸体被焚毁或肢解得面目全非，那么受害者肯定没有真正死亡；在小说开篇被指控犯罪但后来洗清嫌疑并释放的角色，最终将依然是有罪的一方；并且，在侦探电影中，若演员表中出现了一个戏份不多的高片酬演员，往往意味着他最终将被揭露为凶手。随着年龄的增长，我的经验也越来越丰富，我变得越来越不好糊弄，越来越蔑视那些被轻易蒙骗的人。我对"幻影"——我童年时期在通俗杂志上读到的英雄形象失去了兴趣，因为X先生的身份总是在第一章就昭然若揭。我也对一些更知名、更受尊敬的名侦探失去了兴趣，例如范·达因笔下的菲洛·万斯，在他的调查过程中，体贴的凶手总会在我书读到三分之二前杀死其他嫌疑人，帮他一个大忙。我开始对一些侦探小说感到厌烦，书中的侦探只是在最后宣布某某人有罪，而没有任何线索或逻辑推论。我至今依然对这样的小说很不耐烦，也见识了许多本。

不过，哪怕在童年阶段，吸引我的也不仅仅是侦探小说核心的谜团。我一直都不太喜欢在二十世纪三四十年代出版且畅销的侦探谜题书，每一页都有不同的"案例"，读者接受挑战，找出解谜方法，然后翻出书后的答案核对。这些散装谜题的问题在于，它们剥夺了我的阅读体验——罪行的曝光，线索的发掘，对证人的讯问，迫使我修改推论的第二起谋杀，各项要素缓慢累积，渐入佳境，直至终幕，当所有嫌疑人会聚在桌旁，伟大的侦探缓缓展开他的名推理，揭开真相的时刻尽可能延后。我十分清楚地记得，当那个歹徒的名字从倒数第二章的最后一段出现时，我甚至激动得揎拳捋袖。

当我还是个小孩时，我常常伸手遮住那最后一段（读到最后一段时），因为我担心自己会多瞟一眼，提前一分钟破坏自己的惊喜。我发现自己现在仍不时做出同样的举动。

由于我小小年纪就可笑地立志成为一名作家（要是早点开窍的话，我兴许不会走上这条路），开始创作我一直深深喜爱的侦探小说就成了必然。我的处女作诞生于十二三岁的年纪，当时我得了两周麻疹。每天躺在床上，我都会写一章。我的姐姐比我大十四岁，她在顺道探望我的时候阅读了那几章。我只记得，她当时在阅读过程中大笑不止；这让我很困惑，我写这些可不是为了逗她笑。

几年后，年满十五岁时，我创作了人生中的第一篇短篇侦探小说，并把它寄给了《埃勒里·奎因推理杂志》[1]，当时杂志的编辑是弗雷德里克·丹奈，他是埃勒里·奎因[2]这对伟大组合的其中一半。他不仅是一位伟大的侦探小说作家，而

---

[1]《埃勒里·奎因推理杂志》：简称为 EQMM，于 1941 年由著名侦探小说家埃勒里·奎因创办，至今仍是推理文坛最具影响力的杂志之一。
[2] 埃勒里·奎因：美国推理小说家曼弗雷德·班宁顿·李和弗雷德里克·丹奈表兄弟二人所使用的笔名。代表作为《X 的悲剧》《希腊棺材之谜》等。

且是世上最好的编辑，也是一位真正的学者和敏锐的小说评论家。然而，他和表兄都没有发现这篇小说的作者有多么年轻，这大概就是弗雷德·丹奈决定刊登这篇小说的原因。以此为契机，我在接下来的两年里又创作了五篇续作，主角都是一位名叫保罗·道恩的警探，隶属于纽约市警察局的不可能犯罪部。

这个系列的荒谬让我内心真正的想法暴露无遗。在我生命中的那个阶段，侦探小说对我而言是且仅是一种谜题。在我的童年时代，许多作家通过破解谜题使我心中引起的兴奋，几乎就是我在自己的作品中试图复制的。那是一场游戏，我玩得很开心。

而且我玩得并不差。我有时马虎大意（弗雷德·丹奈不得不在其中两篇附言，邀请读者找出使推理无法成立的巨大逻辑缺陷），但有时也别出心裁。有时我觉得，我在写保罗·道恩系列的最后两篇时，在十七岁，达到了自身智力的巅峰。我从那以后就一直在走下坡路。

但我的早期作品没有一篇与现实有任何关联。我笔下的主角完全虚构的名字就体现了这一点。在我看来，虚构的侦探应当有一个得体的、听起来相当奇特的名字，比如埃勒里·奎因、基甸·菲尔[1]、雷吉·福琼[2]、夏洛克·福尔摩

---

① 基甸·菲尔：约翰·狄克森·卡尔笔下的侦探。
② 雷吉·福琼：H.C.贝利笔下的侦探。

斯①。我从来没有想过将我的任何角色建立在我认识或观察过的人的基础上，或是根据我的现实经历，把故事设定在我生活过的社会环境里。侦探的故事显然与现实没有联系，这正是它们有趣的部分原因。

我的灵感和素材并非来源于现实生活，而是其他的侦探小说。

然后，在十八岁那年，二战结束前夕，我应征加入了美国海军，保罗·道恩系列理所当然地迎来了谢幕。当我从海军退役，回到大学之后，我对侦探小说产生了敌意。

因为我接触到了"真正的"文学。突然间，我阅读小说不再是因为它们让我远离了现实，而是因为它们使我更深刻地融入了现实。它们让我成了现实世界的各个部分，从狄更斯②笔下的伦敦贫民窟到伊迪丝·华顿③描绘的纽约上层社会，再到林·拉德纳④刻画的棒球运动员的更衣室，这是前所未有的体验。最重要的是，我对所有小说家的事业根基——人物创作感到兴奋，无论他们彼此在这方面有多么不同。

我想做狄更斯、华顿和拉德纳所做之事，以我从小就认识的那些人为原型，创造出复杂的、有血有肉的角色。恐怕就是这种野心让我对可怜的保罗·道恩和我懵懂无知时发表的小说感到大为羞愧。我的羞耻感也延续到了对侦探小说的

---

① 夏洛克·福尔摩斯：柯南·道尔笔下的侦探。
② 狄更斯(1812—1870)，英国作家。代表作为《雾都孤儿》《双城记》等。
③ 伊迪丝·华顿(1862—1937)，美国女作家。代表作为《欢乐之家》《纯真年代》等。
④ 林·拉德纳(1885—1933)，美国作家。代表作为《阿尔，你了解我》等。

看法上。

在当时主导美国大学的现代主义文学氛围下，"情节"是一个肮脏的词（在如今的后现代主义文学氛围下，这依然是一个肮脏的词）。维多利亚时代的小说和莎士比亚的戏剧固然有情节，但它们与真正使这些作品伟大的特质相比，就像令人尴尬的污渍。而似乎完全依赖于情节的侦探小说，更是出格——我大学时期的著名评论家埃德蒙·威尔逊[1]发表在《纽约客》上的著名抨击文《谁在乎谁杀了罗杰·艾克罗伊德?》强化了这一观点。

因此我开始创作"真实的小说"，并在杂志上发表了一些，我的第一本书由此诞生——《穷表姐伊芙琳故事集》。不过，我并没有停止创作侦探小说，私下也没有停止阅读。大学毕业两年后，我完成了第一篇"妈妈"的故事，也就是这本短篇集的开端。我违反原则的理由很实在——我需要钱。

至少我曾是这么认为的。之后的十五年时间，我一直会抽出时间创作"妈妈"系列，并且乐在其中，这是矛盾的，只不过我当时不想细究。我告诉自己，我身上一定还有某些幼稚的东西，希望将来有一天能放下。

三十年后再回首，我清楚地意识到，彼时我对侦探小说的看法实际上已经进入了第二阶段。谜题对我来说依然很重要。站在审美制高点上，或许我已经开始对这一类型的作品

---

[1] 埃德蒙·威尔逊(1895—1972)，美国作家、评论家。曾任《名利场》杂志编辑。

嗤之以鼻，但我也决定尊重其独有的风格：谜题也许是不合常规的，但它们仍必须有符合逻辑且设计精妙的破解之法，作者仍必须公平对待读者。但是，比谜题更重要的东西吸引了我的注意。

那就是侦探的性格。我之所以被这个元素吸引，是因为我对人物创作产生了新的感悟。既然小说的核心是破解谜题，那么解谜者的性格显然也必须是重点。调查一起事件脉络被隐藏、细节看似无法解释的犯罪，需要一个在各方面远超常人的主角。简而言之，侦探必须是天才，侦探小说的关键在于对这些天才的刻画，作者需要解释他们的思维是如何运作的，他们是如何与他人及社会相处的。

用最通俗易懂的语言来解释这类天才，意味着读者会从他们反常的外在表现中获得乐趣。他们是有趣的角色，他们比普通人更古怪、更不羁，而不仅仅是更聪明。许多侦探小说作家会止步于此，但伟大的虚构侦探会表现出有意义的怪癖，从而反映他们性格中更深层次的东西。我发现自己喜欢波洛①的胡子，远胜他勇敢面对因差异而瞧不起他的古板英国人的胆量。我发现自己关心的不是福尔摩斯的小提琴演奏和他那奇特的帽子，而是他无法治愈的忧伤，那是天才被迫生活在一个愚蠢的世界里所需要付出的代价。

我对虚构侦探的新感悟——她不仅是解谜者，而且是通

① 波洛：全名为赫尔克里·波洛，是阿加莎·克里斯蒂所著系列小说中的侦探。在小说中，他是一个身材矮胖，留着黑胡子的比利时人。

过解谜的方式反映个人怪癖、矛盾和心魔的人——这引导我创造了"妈妈",并写下了读者将在本短篇集中读到的关于她的故事。

人们会问,我是否以自己的母亲为原型创造了这个人物。事实远非如此。这些小说发表时,我母亲还在世,人们会问她同样的问题,导致她十分尴尬。"妈妈"并非以任何特定的人为原型:我从熟识的不同人群那里借鉴了不同的特质。

我自己也赋予了她许多特质,但都属于对犹太母亲的刻板印象:对子女的自豪,对美食的痴迷,所使用的语言。这些特质也许是刻板的,但也是真实的;在某一代女性和某一社会群体中,它们一直存在。我始终认为,在某些方面,我们都是刻板印象的集合体,对于一个作家来说,在努力塑造一个角色时忽略这一点是不现实的,重点是要在笔下的人物里展现人们内心的刻板印象与个人特质的交融,展现自我与世俗进行的拔河比赛,且双方都不会完全获胜。

所以我从一开始就试图让"妈妈"给读者一种敏锐、捉摸不透,且带有几分愤世嫉俗的感觉,以此消解她作为"暖心的犹太母亲"的形象。我试图让她表现出多愁善感,再用幽默讽刺的语句让她进行自嘲。我试图让她支持某些令人钦佩的人类价值观——她同情病患和弱者,拒绝被伪善者欺骗,憎恨残害生命的人——同时也试图表明,有时她就是一个讨厌鬼。

有人向我指出,在续作中,"妈妈"变了,她似乎失去了一些锋芒。按照时间顺序一起阅读这些作品,我意识到他言之有理。这种变化并不是有意为之，无论是弗雷德·丹奈还是抱怨的读者，都没有给我施加任何压力。

我想，她变得不那么强硬的原因是，我在后续每一篇作品中更加深入地探究了她的性格。起初，我只是被朴实的犹太母亲在自己的游戏里击败警方的反差感逗乐了。我早期的作品就像一场精彩的闹剧。但最终，我开始探究"妈妈"的动机，她对儿子经办案件的关注可能揭示了她作为一个人的痛苦、快乐与矛盾。

我也逐渐理解了，侦探小说能从对环境、背景、特定文化和社会的关注中汲取多少养分。夏洛克·福尔摩斯生活的伦敦和狄更斯笔下的一样真切，因为小说中的人物不是抽象存在的，并非浮于空中楼阁，只有在特定社会中站稳脚跟，他们才能获得生命。"妈妈"的社交世界一直是故事的一部分，但我认为随着我的成长，它变得越来越牢固；它不再只是一个背景，而是与每个故事的情节融为一体。当我创作系列最后一篇《妈妈追忆往事》时，她的社交世界已经与案件本身密不可分。

那么现在，我总算在自己的侦探小说中找到了一个核心人物，她独特、可信、有趣，是一个名副其实的破案天才。然而，就在这个时候，我抛弃了"妈妈"，抛弃了侦探小说，整整二十年没有回到任何一方的身边。

事后想来，在那段时间我即将突破至第三阶段——我自认为是最后一个阶段——但这一突破终究没有发生。显然，我还没有做好准备。

在与"妈妈"相处的那十五年里，我也在创作现实主义的非侦探小说，主要讲述纽约犹太人的生活。与此同时，我完成了三部戏剧和两本纪实文学作品，涉及大量研究，并以编写电视剧剧本为生。之后，我前往位于科罗拉多斯普林斯市的科罗拉多学院担任文学教授，并决定在非教学时间专注于"真实"的小说。二十年来，"妈妈"、保罗·道恩以及不可能犯罪部，都消失在了同一片深渊。

大约八年前，让我重拾侦探小说的，是已故的罗斯·麦克唐纳①的作品。事实上，我早年就读过他的小说，但我直到现在才明白，他当时到底做了什么。

在我探索侦探小说的前两个阶段，麦克唐纳的作品具有吸引我的各种特质。它们是高度复杂和逻辑化的谜题。他塑造的侦探卢·阿彻是战后美国文学中最有趣、最动人的角色之一：一个有着自身弱点与长处的人，具有高度个人化的人生观，这使他成为一个麻烦缠身的人，但也使他成为一名成功的侦探。

在我看来，麦克唐纳所创作小说的社会和地理环境比他自己认可的大师——哈米特②和钱德勒③——深入得多。哈米特和钱德勒笔下的加利福尼亚无疑是生动的，但同时也让我

---

① 罗斯·麦克唐纳(1915—1983)，美国小说家。代表作为《移动飞靶》《地下人》等。
② 哈米特(1894—1961)，美国小说家。代表作为《马耳他黑鹰》《玻璃钥匙》等。
③ 钱德勒(1888—1959)，美国小说家，被称为"硬汉派"大师。代表作为《漫长的告别》《长眠不醒》等。

觉得有些艳丽，就像舞台布景（或许电影布景更准确）。麦克唐纳笔下的加利福尼亚和加拿大则是真实存在的，我们生活在故事发生的那片土地上，它们深深刻在我们心中。

在麦克唐纳的作品中，谜题不再是严肃意义上的小说里的污渍，而是属于文学作品中不可分割的一部分。阿彻经手的案件，即他在开篇就面临的谜题，总是具有超越侦探小说的内涵。调查，即小说的核心，旨在向我们揭示这些内涵的不同方面。"线索"、每个嫌疑人的性格、一路上的红鲱鱼和暴力插曲总是与小说的潜在主题相关，并让我们更深入地理解它。故事的高潮，即真凶如何以及为何暴露，是对潜在主题最深刻的揭示。例如，在《寒颤》中——他的最佳作品之一——结尾的一处惊人转折不仅为我们解开了表面上的谜题，还将我们引入围绕父母和子女间奇怪的爱恨关系的更深层次的探讨，这与麦克唐纳的许多作品如出一辙。

在1988至1993年间创作的四部"妈妈"系列长篇中，我试图做同样的事。我把"妈妈"和她的警察儿子带到了一个经过简单包装的科罗拉多斯普林斯市，因为我开始对探索美国中部居民与美国边缘人群之间的互动产生兴趣。"妈妈"是一个地地道道的纽约人，即使生长在纽约，她依然是一位移民，似乎是这次探索的理想载体。

这四部"妈妈"系列的长篇小说都通过不同的背景描绘了不同文化间的冲突，这些背景是美国中部小镇生活的各个方面——一所大学、一座福音派教堂、一家业余剧院、一间政客的密室。每一起谋杀案都是为了给不同背景下的世界打光。"妈妈"之所以能破案，是因为她能与那个世界产生共鸣；同时，由于她是一个外来者，有着自己独特的视角，她可以看到那个世界里的居民看不到的关于自身的东西。

这一切听起来似乎相当沉重，但我必须补充一点，与罗斯·麦克唐纳不同，我认为侦探小说是社会喜剧，而非心理悲剧，其最终效果（包括"妈妈"系列）是营造讽刺趣味，而不是凄美哀伤。

这种观念解释了我在创作系列第一篇短篇小说时做出的第一个重大选择，这个选择被我延续至长篇："妈妈"将是一位安乐椅侦探。她永远不会前往犯罪现场，不会盘问嫌疑人，也不会检查尸体。她对谋杀案的所有调查都在自己的饭桌上，围绕着鸡汤与蜗牛卷进行。我们大多数人对暴力犯罪都没有亲身体验（谢天谢地），但我们都熟悉贪财的房东、不诚实的电视修理工、一无是处的女婿、被家暴的妻子，这些日常可见的人物，都会作为参照对象被"妈妈"用于破案。

这就是我对侦探小说的最终看法。我认为它不仅是一个有趣的谜题，更是一座属于各类超凡人物的展台，而且还是对平凡生活历经沧桑的戏剧性注解（我希望有时这种注解是诙谐的），对我们在这世上所面临的一切的戏剧性注解。

"妈妈"的舞台可以是厨房，但这个舞台与她的警察儿子被迫巡逻的"穷街陋巷"有许多共同点，也就是所谓的人性。

回顾这本短篇集，我惊讶地发现，这种有机融合的创作手法——包括解谜元素在内的一切都与核心主题相关——当初已被我运用在其中的几篇里，尤其是《妈妈沐浴春光里》和《妈妈唱起咏叹调》。只不过我当时没有意识到这一点，因而花了二十年的时间进行建构。

所以我认为，在最终阶段，我已经解决了我对侦探小说和现实主义小说两种热爱之间的矛盾。

我现在意识到，可以从两种角度看待这个世界。现实主义小说使我们沉浸其中，我们能够透过书中人物的双眼，从内心感受他们的经历。但也可以从外部观察这个世界，就像侦探小说那样。在舞台上，我们既可以是观察者，也可以是参与者，既可以是观众，又可以是演员。即使在情感上参与到剧中并对角色产生共鸣，我们依然可以与他们保持一定距离，就好比侦探与调查对象。生活需要我们投入，活得充实；但生活也是一个需要与其保持距离、观察、调查、解决的谜。

因此，讨论一种类型是否优于另一种类型是毫无意义的。每一种都只是提供了各自的见解和乐趣。

不过，尽管我被看待世界的两种角度吸引，尽管我喜欢这两种小说，但我承认，我将永远让侦探小说处于一个特殊的、毫无疑问是非理性的位置。毕竟，那是我最初的爱，你我都知道，有一段回忆我们永远不会忘记。

詹姆斯·亚飞

于 1996 年 9 月写于科罗拉多斯普林斯

目　录

妈妈什么都知道	001
妈妈想要打个赌	019
妈妈沐浴春光里	036
妈妈流下一滴泪	063
妈妈想要许个愿	087
妈妈唱起咏叹调	104
妈妈和灵异大衣	126
妈妈追忆往事	149

妈妈什么都知道

我妈一直希望我成为某领域的专业人士——在她看来，只要称得上"专业人士"，从事什么样的职业都无所谓，唯独当商人万万不可。

"你的叔伯就是经商的，你的姑姨也是经商的，连你老爸也走了这条路，他们一分钱都没赚到，"我妈总是说，"你的马克斯叔叔是个例外，他不能算进来，我绝不会让你变得像他和塞尔玛姨妈那样体弱多病、神经兮兮。"

因此，即便我当时只是个小男孩，即便我生活在布朗克斯①，老妈仍想方设法让我接受了一些职业教育。她曾将化学仪器当作生日礼物送给我，她曾送我去上小提琴课，她甚至曾鼓励稚气未脱的我去追求一个当律师的表姐。最终，老妈

---

① 布朗克斯：Bronx，纽约市有名的贫民区。——译者注

得偿所愿。如今的我确实是一位专业人士。但这一事实恐怕不会让她心满意足。毕竟，她没有料到我会成为一名警察。

她很早就提出了反对意见，各种各样的反对意见，每天都有新的角度，但大多是幌子。她对警察生活的反感可以归结为两点。首先，这份工作很危险。"你必须对付那些流氓、毒虫、赌徒、杀人犯或者小偷之类的人，"她说，"你就不担心自己哪天会受伤吗？"其次，她认为这份工作不适合我。"我一直期望你能从事依靠智力和脑力的工作，"她如是说，"但查明谁是凶手是侦探的活，对于一个成年人来说，像公园里的孩子那样玩警匪游戏，这算不上工作。虽然也需要动脑筋，但我觉得，你和你那些经商的叔伯没什么区别。"

我完全说服不了老妈，无法让她认同这一职业的高尚与难处。尽管我的个人表现很不错，尽管我现在是便衣警察和斯莱特利探长的得力助手，但老妈还是会笑话我，而且有理有据。说实话，警匪之间的博弈对她而言如同儿戏，弄清是谁杀了谁对她来说轻而易举。凭借无甚特别的生活常识，以及洞察他人内心、从不被任何人愚弄的天赋（这种天赋源于她和贼眉鼠眼的屠夫以及熟食店店员的长期往来），老妈通常能在饭桌上解决让警方奔波忙碌了一周的疑难案件。

事实上，我甚至可以说，我对凶案组的主要贡献不在于一整周的艰苦调查、搜捕与审讯，而在于我每周五晚上与母亲进行的信息量极大的对话，她会邀请我和妻子来布朗克斯与她共进晚餐。

以上周五那晚为例。

我和雪莉于傍晚六点抵达老妈的公寓。老妈像往常一样给我们倒了两杯美酒，我们围坐在餐桌旁吃着普通的烤鸡（其实一点也不普通，有什么比得上亲妈做的美食），聊着家常。老妈先是向我们讲述了每个邻居的丑事和病史，然后又向雪莉提出了一些关于购物的建议。尽管拥有心理学和社会学双学位，但雪莉毕业于韦尔斯利学院①这种象牙塔，老妈自然觉得她处理不好日常事务。随后，老妈又告诫我，在这种潮湿的天气要注意保暖。最终，在端上面汤后，她向我说出了那句灵魂拷问："戴维，最近工作怎么样？"

"妈，没啥好说的，"我如是说，"就是一件普普通通的谋杀案。一共有三个嫌疑人，其中一人必定有罪。我们只需进行时间足够长的审讯，直到有罪的那一方崩溃。"

"真凶到现在都没落网吗？"

"暂时还没有，妈。但他一定会的，别担心。我们迟早会让他精疲力竭。"

"你们自己不也一样！"老妈叹了口气，"所谓审讯，对警方来说更是一种折磨。要是你们这些大男人能稍微停下来动动脑筋，看看自己搞出的麻烦事，我敢打赌，你们当中没有一个人能逃得过亲妈的一顿骂。"

"妈，这可不是动动脑筋就能解决的问题。我需要耐心，

---

① 韦尔斯利学院：Wellesley College，美国最好的女子文理学院之一。——译者注

纯粹的耐心。算了，我给你讲讲这件案子，你自行判断吧。有位姑娘在市中心的一家酒店遇害，这是一家介于高档和低档之间的酒店，你应该懂我的意思。酒店的客户有漂亮帅气的高消费人群、舞台演员、赌徒、在演播室工作的人——一个相当奢华的组合，再加上金发女郎。那地方到处都是金发碧眼的美女，她们没有靠谱的收入来源。也许她们会称自己为舞者——尽管已经多年未曾登台；也许她们会称自己为模特——但永远上不了杂志封面，与其他数百万读者没有任何差别。

"遇害的那位姑娘便是其中之一。一位货真价实的金发美女，她的艺名是维尔玛·德格拉斯，职业生涯与旁人无异，16岁时从高中退学，加入歌舞团。五年前退团，搬来酒店，此后就一直住在五楼的两间客房。仰慕她的人源源不绝，全都是男性——"

"简而言之，"雪莉插了进来，"昨晚其中一人杀害了她。"

雪莉总喜欢长话短说。我对此没什么意见——我知道自己娶了一位高知女性——但老妈顿时来了兴致。

"哟，这不是很有趣吗？"她说着转向雪莉，露出一个甜美礼貌的微笑，"看来你也在调查这件案子，是吗，亲爱的雪莉？"

雪莉回以微笑，笑容同样甜美且礼貌。"妈，没这回事。我只是想帮戴维改掉他说起话来滔滔不绝、拐弯抹角的坏习惯。他从小就这样吗？也不知道是从谁那里学来的。"

"来说说三个嫌疑人吧。"我赶忙打断了她,因为我看到老妈眼中闪过一丝微光,"昨晚十点,她随一位名叫格里斯沃德的中年银行家走进大堂,后者对自己的名字出现在报纸上非常不满。前台接待员和电梯操作员亲眼看着他们进来。接待员是个头发灰白、形象邋遢的老人,名叫毕格罗,脾气很臭。今天下午我给他做笔录时,他每两分钟就要抱怨一次,说自己当时已经在前台站了整整四个小时,经理甚至不允许他用收音机来打发时间,还说副经理此前总是四处转悠,确保手下的人没有把杂志或报纸藏在柜台下面,这种牢骚没完没了。这个毕格罗一张嘴就有股浓浓的酒气,很不讨喜,但我认为他说的是实话,他显然没理由撒谎。

"电梯操作员名叫赛迪·德莱尼,一位健谈的黑发爱尔兰裔姑娘。她未婚,身材高大,非常开朗热情,经常帮酒店里的客人解决问题。她是重要的目击证人,也非常配合。

"案发当晚,赛迪带着维尔玛和格里斯沃德上了五楼,向他们道了晚安,然后返回大堂。她和毕格罗一起待了大约十分钟,发现五楼有人呼叫电梯。她上到五楼,发现格里斯沃德正在等电梯,看起来非常生气。她又把他带回大堂,再次道了晚安,但他没有应答,气呼呼地走了出去——"

就在这时,雪莉喝完了面汤。"妈,这汤真好喝,"她说,"你的厨艺真是太棒了。这才是你在世上最擅长的东西。"

"谢谢你的夸奖,亲爱的。"老妈答道,"但我那个年代的所有女性都是这样,所以我得不到任何嘉奖。虽然我们身无分文，上不了大学，但总归能学到一些有用的东西。我们不像现在的很多年轻姑娘，脑子里满是无意义的离奇想法。"

我注意到雪莉正准备开口，于是深吸一口气，继续讲我的案子。

"一分钟后，二号嫌疑人登场。他名叫汤姆·莫纳汉，是酒店的勤杂工，当时马上就要下班了，但他告诉赛迪，当天早些时候，德格拉斯小姐给他打了电话，叫他修补浴缸的裂缝，他担心如果不在睡前搞定，德格拉斯小姐会生气。于是赛迪带着他上了五楼，然后返回大堂。她刚出电梯，又发现五楼有人呼叫。她再度上楼，见到了汤姆。后者声称自己敲了敲姑娘的房门，但没有得到回应，所以他认为她已经睡着了，决定明天再来修浴缸。他和赛迪一同下了楼，然后直接回家了。

"此后，赛迪和毕格罗在大堂里闲侃了大约二十分钟。他们聊起了当晚那场血腥的拳击赛，讨论了那位被痛殴的冠军。他们的交流被三号嫌疑人打断。

"来者是年轻的雅蒂·费洛斯，纽约市有名的花花公子、纨绔子弟、街溜子，上个月经常夜访德格拉斯小姐。他身穿晚礼服，刚参加完在他未婚妻家举行的派对，两人将于六月完婚。赛迪带他上了五楼，独自返回。五分钟后，蜂鸣器又开始响个不停。她再次来到五楼，看到费洛斯脸色苍白。他声称自己刚才用钥匙——姑娘给他的——进入客房，发现她死在床上。紧接着，保安被叫来了，然后是医生和警方，他们最终判定，有人用一个青铜烛台——她自己的财产——朝她后脑勺来了一下，把她打晕，再用枕头将她闷死。

"我们在旁边的地板上找到了枕头，皱巴巴的，上面有牙印和唾液的痕迹，一目了然。"

"不知为何，"雪莉说，"我很难对这样一名不洁身自爱的女子产生同情。这种人通常是自作自受。"

"这可不好说，"老妈声音低沉，仿佛是在自言自语，"在这个世界上，有不少人作践自己。但他们罪不至死，给他们一点教训就好。"雪莉还没来得及回答，老妈就非常淡定地看向我："接着说。"

"呃，我们做的第一件事自然是向这三名男子提问。格里斯沃德起初很谨慎，但他最终承认，在他进入她的客房后，他和金发女郎发生了争执。后者说要和他分手，她已经抱上了另一位绅士的大腿，极有可能就是年轻又多金的费洛斯。据格里斯沃德说，他走出客房时气得要死，但他没有杀她。他声称她当时活得好好的，正在用电视收看那场拳赛。她是忠实的体育迷，尤爱见血的比赛。总之，格里斯沃德只说了这么多。

"勤杂工汤姆·莫纳汉一度最有嫌疑。因为我们发现了一处疑点：德格拉斯小姐客房里的浴缸完全没问题。所以最后莫纳汉说出了真相：他是来和金发女郎调情的——莫纳汉是个身材魁梧、长相英俊的家伙，而她来者不拒。莫纳汉编了个借口来见她，但他坚称自己敲门后没有得到回应。顺带一提，我们也问过他是否曾听到电视发出的声音，他说自己没有注意到。

"至于雅蒂·费洛斯，他仍然声称自己一进客房就发现了尸体。此外，他还证实了格里斯沃德关于电视的说辞。他说自己进来时，电视的音量被调到了最大。事实上，那一幕令他毛骨悚然。

"好了，妈，舞台已经搭好了。凶手必定在这三人之中，不可能是住在酒店里的其他任何人。我们已经调查过了，那是一家小酒店，没多少住户，且他们都有不在场证明。也不可能是外人，因为接待员和电梯操作员没有看到其他人进出。换句话说，这不过是例行公事。格里斯沃德、莫纳汉或费洛斯，任你选择。伊尼、明尼、米尼①！"

"你忘了'莫'。"老妈说。

这句话有点莫名其妙，但我还是瞪了老妈一眼，因为她那些无厘头的话往往比你想象的更具深意。"妈，你这是什么意思？"

"不用在意，"她说，"该吃鸡肉了。"

老妈起身端菜去了，我只好抑制住好奇心。当她总算坐回原位后，我们又打开了话匣子。

"所以说，那三个人已经进了警察局，对吗？"她说，"你

---

① 伊尼、明尼、米尼：英文儿歌 Eeney Meeney Miney Moe 中的韵律词，无特殊含义。伊尼对应着 Eeney，明尼对应着 Meeney，米尼对应着 Miney。此处戴维省略了 Moe，即下文中老妈提醒的"莫"。

有用橡胶软管打他们吗？"

"妈，我说过很多遍了，我们不会用什么橡胶软管。我们只用现代警方的手段——"

"好吧，好吧，那你就是在对他们进行精神折磨。无论是什么，我都觉得毫无意义。你处理这件柏拉图女郎①案的方式——"

"是金发女郎，我亲爱的母亲。"雪莉说。

"我就是这个意思。"老妈不满地看了雪莉一眼，然后转过身来看着我。

"我搞不懂，是什么令你举步维艰？你为什么要把时间浪费在审讯三个倒霉蛋上？你为什么不逮捕杀害她的人？"

"因为我们不知道是谁！仅仅数小时内——"

"数小时，呸！你说得跟过了好几年一样。听我的，别再张牙舞爪了，动动脑筋。这是当今世界的一大问题，总想着动武，却不动脑。听着，如果你连最重要的四个问题都懒得问自己，那也难怪破不了案。"

"妈，什么问题？我们已经问过无数个了。"

"先吃你的四季豆吧，我会告诉你的。餐桌上的交流固然很好，但年轻人每日的绿色蔬菜必不可少。"

老妈在雪莉面前把我当小孩一样训，我不免有些害臊，

---

① 戴维与雪莉形容金发女郎的原文为 Platinum blonde，此处老妈记成了 Platonic blonde，即柏拉图女郎。原文中的 Platinum 与 Platonic 字形相近，此处应为老妈的误记。

但还是顺从地吃着四季豆，老妈见状说起她那"最重要的四个问题"。

"第一个问题，"她说，"这个汤姆·莫纳汉，一名勤杂工。是否已婚？"

"妈，这就是你所谓的重要问题吗？我们第一时间就调查过。不，他没有妻子。如果你认为杀人动机是嫉妒，最好还是——"

"请好好吃你的四季豆！"老妈不屑地指了指，"现在轮到我思考。第二个问题，为什么这个柏拉图女郎——"

"妈，是金发。"雪莉说。

"谢谢，谢谢，"老妈回击，"我真幸运，不是吗？能够拥有一个文化水平这么高，而且巴不得让全世界都知道自己水平的儿媳。戴维，我问你，为什么这位金发女郎遇害前没有涂口红？"

这个问题着实让我有些吃惊。"妈，你怎么知道她没有涂口红？我明明没提——"

"你刚才说，用来闷死她的枕头上有牙齿和唾液留下的痕迹。但你完全没提到口红印。用枕头闷住一位女士的脸，相信我，她肯定会留下口红印。除非她没有涂口红！那么，她为何没涂？"

"妈，这我怎么知道。她当时正准备睡觉，估计是把口红擦掉了。这有那么重要吗？"

"只有聪明人知道，"老妈边说边微笑着拍拍我的手，"第三个问题，当雅蒂·费洛斯，那名花花公子发现她的尸体时，电视依然开着，对吗？请告诉我，当时电视里正在播什么节目？"

"妈，你疯了吗？谁在乎电视里播了什么？我们查的是一起谋杀案，而不是电视节目表？"

"换句话说，你并不知道当时电视里在播什么？"

"事实上，我知道。费洛斯碰巧提过一嘴。当时在播一个音乐节目，有个交响乐团正在演奏古典乐。他之所以有印象，是因为那段音乐非常柔和且哀伤，他说自己会永远将其当作维尔玛·德格拉斯的绝唱。妈，听起来确实非常浪漫，但你他妈能告诉我这和本案有何关联吗？"

"我不喜欢脏话，"老妈语气平淡，但却透着一股不容置疑的坚定，"你可以在警局里和其他警察说这种话，但在家里，你应当像绅士一样说话。"

"对不起，妈。"我咕哝着，避开雪莉的视线。

"第四个，也是最后一个问题，"老妈说，"案发酒店并非坐落于高端地段，对吗？"

"妈，这有什么——"

"你能回答我的问题吗？"

"那个社区鱼龙混杂。酒店所在的街区很时髦，看起来很现代。但拐角处就是第三大道，那里有许多廉租房和肮脏的小酒吧，流浪汉们都在那里聚集。好了，夏洛克夫人，这对你有帮助吗？这是拼图游戏中缺失的重要部分吗？它能将所有的一切拼凑在一起吗？"

老妈迅速露出笑容，丝毫不在意我的讽刺。

"如果你真的想知道，答案是肯定的。"

我和老妈的过往经历足以让我相信她的话。但与此同时，我还是一头雾水，她怎么可能仅凭我给她的些微证据破案。所以我假装不为所动。"好吧，何不让我听听你的高见？你想让我把哪个人送进监狱？"

"这个问题的答案，"老妈面带着让我有些恼火的神秘微笑，"你马上就会知道。"

"你是说，你真知道？"

"我怎么可能不知道？我了解人们的行为方式，不是吗？区区一起谋杀案，并不意味着人们会突然性情大变。就比如那位柏拉图姑娘——"

"金发。"雪莉在一旁小声提醒。她显然是在赌气，所以老妈故意不理睬。"一位一生都围着男人转的姑娘，当男人来访时，这类人对自己的外貌是非常在意的。为何遇害前，她没有涂口红？当一号嫌疑人，那位银行家，格里齐先生——"

"是格里斯沃德！就知道你会忘！"我大喊。

但老妈满不在乎，接着说："当他们出去鬼混时，她肯定涂过口红。然后他随她回到酒店，她决定与他一刀两断，嘲笑了他一番，将他打发走。你认为她会在老情人离开之前把口红擦掉吗？相信我，这是不可能的。在愚弄男人的时候，所有女人都会拿出最佳状态！所以当一号嫌疑人离开时，她还活着，还涂着口红。"

"听起来很合理。所以，是二号嫌疑人干的。汤姆·莫纳汉！我一直觉得——"

"你太天真了，"老妈说，"很遗憾，事实并非如此。汤姆·莫纳汉当时敲了敲门，试图进入她的客房。面对一个正与自己保持着关系的英俊年轻人，就算她彼时已经把口红擦掉，可以料想，如果不重新涂上口红，她永远不会与其见面。但她没有涂口红，这意味着她并没有让他进门。不知什么原因，她没有听到敲门声，也许是因为电视的音量太大。总之，他不可能杀害她。"

"那就只剩下三号嫌疑人了，"我说，"雅蒂·费洛斯。我早就怀疑他了。你关于口红的推理和他对不上号。他有客房的钥匙。也许她当时已经擦掉了口红上床睡觉，费洛斯突然用钥匙开门闯了进来。"

"也许吧，"老妈说，"但要想证明这一点，你可能会头疼得厉害。还记得我问的那个问题吗？当三号嫌疑人发现尸体时，电视里正在播什么？当晚早些时候，一号嫌疑人离开时，受害者正在收看一场备受瞩目的拳击赛。但一小时后三号嫌疑人才出现。彼时那场拳击赛肯定已经结束了，何况那是一场一边倒的比赛。如接待员和电梯操作员所说，冠军被狠狠修理了一顿。但当三号嫌疑人发现尸体时，电视依然开着。这是为何？"

"妈，这可不好说。也许是因为她想看赛后播出的节目。"

"也许是，也许不是。那她到底看了什么节目？交响乐团演奏的古典乐！我现在再问你，戴维，根据你已知的关于这位姑娘的一切——一名未完成高中学业的舞女——她像是对古典音乐感兴趣的人吗？在我看来，并不是。那么她为什么还开着电视？答案只有一个。因为当拳击赛尚在进行时，她已经遇害，自然无法在死后关掉电视。所以说，凶手不可能是三号嫌疑人，因为他来得太晚。"

"可是，妈，你难道没意识到吗？既然凶手不在三个嫌疑人之中——你刚刚证明了这一点——也不可能是外人，因为接待员和电梯操作员一直守着大堂，而酒店里的其他住户又都有不在场证明。换句话说，所有人都不可能是凶手！"

"不在场证明！"老妈轻蔑地耸了耸肩，"听我说，戴维，等到了我这个年纪，你会发现世上最不缺的就是什么证明。"

"是不在场证明。"雪莉嘟囔了一句。"没有什么比制造不在场证明更容易的了。人们会互相打圆场。就以你塞尔玛姨妈家的厨子为例——"

"拜托，妈，塞尔玛姨妈家的厨子和——"

"整整六个月，塞尔玛姨妈家的厨子每晚都会偷偷溜出公寓，去见杂货店的送货员。塞尔玛姨妈的女仆一直对此心知肚明——但她有向主人报告过吗？她一句话也没说。如果你的塞尔玛姨妈想见厨子，女仆就会打掩护，声称厨子正忙着烤蛋糕，要不然就是说厨子正头疼或者正在和屠夫争吵——各种借口。戴维，你对手下人的了解远不及我。只要彼此之间没有矛盾，他们就会拧成一股绳。尤其是在愚弄雇主时。"

我逐渐感受到一丝曙光。"妈，你到底想说什么？"

"你还没明白吗？我怎么会有你这么笨的儿子！"

"呃，如果我没猜错的话，你应该是想说那个接待员毕格罗和电梯操作员赛迪。"

"你真是个天才！你简直就是爱因斯坦！我说的当然是他们。你自己也提过，这名电梯操作员有多么和蔼可亲，总会为客人提供帮助。在二号嫌疑人离开之后，三号嫌疑人上电梯之前，接待员和这名电梯操作员足足聊了二十分钟，他们知道拳击赛有多么血腥，冠军被一顿痛殴。但令我好奇的是——"

我不禁脱口而出："既然大堂里没有电视，甚至没有收音机，在前台站了一整晚的毕格罗怎么会知道拳击赛如此血腥？你好奇的是这个，对吗，妈？你是想说，在汤姆·莫纳汉离开后，雅蒂·费洛斯到达前，毕格罗溜出前台，乘电梯来到五楼，杀害了德格拉斯小姐，然后通过她客房里的电视收看了那场拳击赛！在此期间，赛迪一直待在楼下，替他看着前台，还给他作伪证，因为她心肠太软了！"

我没想到自己开窍得如此之快，不禁感到一阵暗喜。当老妈恼怒地叹了口气时，我吃了一惊。"心肠太软，"她说，"一个人的心肠能有多软？谁会这么好心，为一个杀人犯提供不在场证明？如果他是以别的理由溜出前台，倒还说得过去。"

"可是，妈，你还有别的解释吗？"

"是你亲口告诉我的，"老妈说，"戴维，你就是太粗心大意了，连自己的话都记不住。你刚才向我说过，今天下午你给那个毕格罗做笔录时，他满嘴酒气。如果他在前台站了整整四个小时，而副经理之前又一直四处转悠，确保他没有在柜台下面藏东西，那他喝的酒是从哪里来的？"

我顿时哑口无言。

"所以我才会问你，那家酒店处在什么地段，"老妈说，"你的回答印证了我的猜想。街区拐角就是第三大道，沿途有很多酒吧。这就是答案。他偷偷溜进了其中一家酒吧。说不定他每晚都这么干。赛迪之所以为他提供不在场证明，是因为不想让他失业。"

"妈，你的推论很有说服力，"雪莉说，"但这对戴维有何意义？你应该清楚，他不能因为嫌疑人在工作时间饮酒就逮捕他。"

"噢，非常感谢你的提醒，"老妈屈尊向雪莉笑了笑，"可我有说要逮捕他吗？戴维，你还没意识到吗？如果毕格罗当时在某家酒吧喝酒，电梯操作员赛迪又在何处？"

"赛迪？她怎么了？她当时在大堂和——"我霎时呆若木鸡，因为真相终于浮现在我眼前。"没错，没错！她和毕格罗聊过那场拳击赛！他们都看过！赛迪同样有重大嫌疑。她怎么知道那场拳击赛十分血腥，冠军被揍得那么惨？只能是通过客房里的电视！"

"你总算学聪明了，"老妈用自豪但又略带讽刺的语气说，"在接待员离开期间，这名电梯操作员来到五楼，敲响了金发女郎的门，然后走进客房杀害了她。对了，你现在应该明白她为什么没涂口红了。她当然不会在意自己在同性眼中的模样。"

"那动机呢，妈？赛迪的动机是什么？"

"动机？这还不好猜？你知道我为什么问汤姆·莫纳汉是否已婚？一位长相英俊的未婚小伙，一位性情温和的未婚爱尔兰裔姑娘，以及一位水性杨花的金发女郎。这三个人之间要是不发生点什么，老天爷都不会答应！"

我无话可说。在接下来的几分钟里，我一直在向老妈道歉，而雪莉则摆出一副淡然的表情，仿佛对刚才发生的事毫不关心，对于老妈的这次胜利，她一点也不生气或嫉妒。

但有个小细节仍在折磨着我，最终，我还是没忍住。

"妈，我仍觉得毕格罗有嫌疑。他和赛迪都知道那场拳击赛有多血腥，仿佛曾亲眼见证。我们已经确认赛迪是通过金发女郎客房里的电视收看那场拳击赛的。那毕格罗又是怎么知道的？——莫非他是帮凶？"

"戴维啊戴维，我的小宝贝，"老妈露出一个相当可爱的微笑，"你又忘了毕格罗当时身处何地。他在一家酒吧里喝酒。虽然我这些年已经不会光顾那种地方——但我听说，无论是在哪家酒吧，大家都是一边喝酒一边——"

"看电视！"我大喊一声，然后一跃而起，"妈，你太有才了！我马上给总部打电话，报告探长！"

但老妈温和而坚定的声音让我回到了座位上。

"给我老实待着，"她说，"在吃完四季豆之前，谁都别想打电话!"

妈妈想要打个赌

虽然已经在纽约市警局凶案组工作了将近五年，但一想到某天某人或许会发现我的秘密，我仍会微微一颤，因为我大多数成功破获的案件其实都是由我妈解决的。事实上，这是我妈对付我最有力的武器之一。每当她想让我用午休的时间帮她修冰箱，或者替她的某位未婚侄女介绍一位令人中意的年轻警员，又或者让我在她与我的妻子雪莉争吵时支持她，她总是会用无辜、随意的语调说："假如有人告诉凶案组的那些后辈，你是如何侦破市中心那家酒店的洗衣滑道藏尸案，他们会不会笑掉大牙呢？"

过去五年，我无数次下定决心，不再告诉老妈任何关于案件的事。但每一次，我都会受美味的烤鸡和她那能够让我再次变回小男孩的犀利眼神影响，打破自己定下的规矩。倘若说出了上面那句话，她还经常会补充道，"顺带一提，当斯莱特利探长拍着你的后背，夸你真是个年轻有为的警探时，你是不是不太高兴?"这是老妈最神奇的一点。她了解人们的心理——但有点过于了解了。

言归正传，上周五我和雪莉像往常一样来到布朗克斯吃晚餐，我们刚吃完碎肝①，老妈就照例问出了那个问题，"戴维，最近工作怎么样?"

"妈，没什么大案子，我手上这件已经十拿九稳了。我们知道谁是凶手，而且一定能给他定罪。"

"那你为什么脸色阴沉? 每当你的内森叔叔发现他的穷姐夫西摩前来拜访，他也会露出同样的表情。"

"妈，坦白说，这件案子确实比较特殊，但我没法准确地表述出来。是这样的，通常，当你逮捕一个杀人犯时，你会很有成就感，会告诉自己:'我又为社会铲除了一个败类。'但是，不知为何，我们昨天逮捕的那个凶手，他明明是一位和善的老绅士……"

"你这是感情用事，纯粹只是感情用事。"雪莉同情地叹了口气。她在韦尔斯利学院主修社会学和心理学，自然称得上是一位高知女性，我理解她的同情，"戴维，我和你说过多少次，既然斯莱特利探长已经得到满意的结果，你就不必再多管闲事了。人活在世上就得向前看。"

"我赞同，"老妈微笑着对雪莉说，"干预他人之事确实不

---

① 碎肝:chopped liver,犹太人的传统开胃菜,主要食材为鸡肝。——译者注

太好。我一直想聊这个话题——"

"妈，我和你讲讲这件案子吧。"我立刻插嘴，因为我想在安宁和谐的氛围中享用美食。果然，老妈对案件的好奇心使她转移了注意力，不再与我妻子针锋相对，我见状直接开始了叙述。

"市中心有一家熟食店，"我开口道，"名叫克鲁姆霍尔茨的第六大道石窟，是一家非常知名的小店，招待过一众名流、戏剧界人士、运动员等。那里一到晚上经常坐满了人，但是中午就比较冷清了。

"昨日午餐时间，戏剧制作人德威特·格雷迪，和他的岳父巴雷特老医生，一同走进了克鲁姆霍尔茨的第六大道石窟，后者曾经是名知名的外科医生，不过现在已经退休了。格雷迪是这家店的常客。他每周会光顾三四次，店员们都认识他，但也都讨厌他。根据调查，格雷迪是一个极其专横、态度恶劣的混蛋，总是胡搅蛮缠，仗势欺人。"

"这是戏剧制作人的主要特征之一，"雪莉说，"社会学研究表明，戏剧制作人通常——"

"亲爱的，请你告诉我，"老妈对雪莉说，"有人会对社会学研究者进行社会学研究吗？"

"妈，我没听懂你的意思，"雪莉说，"你到底想说什么？"

"格雷迪对店里的一名服务员——一个名叫欧文的小老头特别无礼，"我赶忙打断她的话，"欧文已经在克鲁姆霍尔茨工作了三十年，大家都认识他，也都喜欢他，因为他亲和善良，总是关心顾客们及其家人们的健康状况，还会记着他们的生日和各种纪念日。也许这就是格雷迪特别爱找欧文的碴的原因。总之，无论格雷迪何时光顾，他都不会让欧文好过。他会以专横的语气命令对方，并嘲弄、羞辱这位老人，有时甚至不给小费。

"昨天中午也不例外。刚和巴雷特医生在一张餐桌旁坐下，格雷迪就来劲了。他说着'老东西，腿脚麻利点'之类的话，把欧文叫了过来，点了第一道菜——蓝点生蚝，并且要求欧文多放辣根。克鲁姆霍尔茨的辣根很出名，'全纽约最强劲的辣根'是其宣传语之一，格雷迪还总是投诉欧文虚假宣传。

"然后，当欧文端上生蚝时，格雷迪又点了两碗面汤，巴雷特医生和他自己一人一碗。他还要求欧文别往他那碗面里加盐。'我上周刚去看过医生，'格雷迪说，'他说我不能再吃盐了，否则会引发严重的胃灼热。'格雷迪对欧文吩咐了六遍，欧文也保证面汤里不会加盐，但格雷迪说：'我不信任你。你会忘记告诉厨师的。你这个健忘的老东西。'所以格雷迪叫来克鲁姆霍尔茨，让他监督欧文，确保汤里不会加任何盐，可以想象这对可怜的老欧文来说是多么大的羞辱。最终，欧文前往厨房取菜，而格雷迪在他身后大喊：'看在老天爷的分上，给我当心点，别把你的拇指伸到汤里！'"

"这个格雷迪，"老妈说，"让我想起你先父的其中一位表姐。"

听到这句话，雪莉不屑地笑了一声，"是吗？妈，这可真是有趣，世上的每个人都能让你想起某个你认识的人。"

"这是因为我认识很多人，"老妈毫不犹豫地回答，"我对人们的了解不局限于书本。这就是真正会玩金拉米①的人和只会坐在一旁乱插嘴的人之间的区别。"

"如我所言，"我再次插嘴，"欧文走进厨房，让厨师路易准备两碗面汤，并多次强调其中一碗不要加盐。于是路易从装着面汤的大锅里倒出一碗加了盐的汤，随时准备上菜，另一碗则由他亲自调配，没有加任何盐。欧文把这两碗面放在托盘上，走出了厨房。克鲁姆霍尔茨站在连通厨房和餐厅的转门前。既然格雷迪这位老主顾提了要求，那他必须慎重对待。所以克鲁姆霍尔茨叫住欧文，把勺子伸进格雷迪的汤里舀了满满一勺。妈，这点很关键，你可别忘了。克鲁姆霍尔茨实际上尝过格雷迪的汤，他只觉得味道不错，并且里面没有加盐，于是让欧文继续上菜。"

"欧文照做了。他径直穿过餐厅，朝格雷迪和巴雷特医生的餐桌走去，即使托盘上还有许多其他顾客点的菜——两杯啤酒，一杯又高又大，涂着生奶油的克鲁姆霍尔茨特制桃子味圣代，一块内斯尔罗德什锦果脯派②。足见可怜的欧文有多害怕格雷迪。他把面汤端给格雷迪和巴雷特医生，格雷迪喝

---

① 金拉米：gin rummy，上世纪四十年代在美国风行一时的纸牌游戏。——译者注
② 内斯尔罗德什锦果脯派：nesselrode pie，用烤栗子、果脯、兰姆酒或白兰地制成的冷冻奶油派，流行于十九世纪的欧洲。——译者注

了一勺，咂了咂嘴，然后说了句‘还不错’。不过他再也没机会享用了。只见他突然呻吟一声，瘫倒在地板上，在大家反应过来之前，他已经断气了。法医发现他体内含有一定剂量的氰化钾，那碗汤里残留的氰化钾足以再毒死二十来个戏剧制作人。”

“妈，重点来了。我们在厨房里发现了一瓶氰化钾，是厨师路易用来灭鼠的。他把毒药锁在柜子里，不过店里的所有员工都可以拿到钥匙。所以一般情况下，我们将面对一大群嫌疑人，这样一来案子就不好破了。不过这次我们比较幸运。克鲁姆霍尔茨恰巧在面汤被端上餐桌前亲自检查过。他喝了满满一勺汤，但没有任何反应。因此，凶手投毒的时间点必定在面汤离开厨房之后，端上餐桌之前。在那段时间里，只有一个人有机会这么做，那就是服务员欧文。可怜的老欧文。”我不禁轻叹一口气。

“戴维，你似乎闷闷不乐。”老妈用极尽温和的语气说。

“妈，困扰我的是作案动机，”我说，“一名服务员，有没有可能就因为顾客投诉了他而伺机谋杀？说真的，这种职业自豪感也太离谱了。更何况，欧文不是那种睚眦必报的人。我从没见过像他那样谦卑有礼的老先生。我们在警局里花了不少功夫提取他的指纹，因为他担心手指沾了墨水后会把值班警员的衬衫袖口弄脏。”我摇了摇头，同时也注意到雪莉的眼神，“我不知道自己在激动什么！有个人犯了谋杀罪，他即将受到应有的惩罚，就这样！”

老妈看了我一会儿，脸上半是慈爱半是笑意，然后叹了口气，"戴维啊戴维，你总是满怀慈悲，因他人而自责！你还没意识到吗？自责帮不上任何忙，自责无法将那老人从电椅上救下，自责找不出是谁把氰化架——"

"是钾，我亲爱的母亲。"雪莉说。

老妈说话时偶尔会自由发挥，然后迅速被指正，雪莉乐此不疲。我本人并不在意，和老妈一起生活三十三年后，我的大脑已经可以熟练地将"架"替换成"钾"，但雪莉不会这么做，她从不放过任何口误。这也是韦尔斯利的教育导致的吗？

"是氰化钾，"她重复了一遍，"你说成了氰化架。"

"谢谢，谢谢，亲爱的雪莉，"老妈非常礼貌地挥了挥鸡骨头，"恭喜你在拼字大赛中胜出。"她的视线再次回到我身上，"正如我被打断之前所说，比一颗慈悲的心更有用的是头脑。戴维，你动脑了吗？除了配枪和警徽，凶案组难道就没分你一点头脑吗？"

"妈，头脑恐怕对老欧文没有多大帮助，本案的真相一眼便知。"

"那我们就再多看几眼。举个例子，我注意到有一些重要信息你忘了向我提及。也许你只是心不在焉，但你确实应当告诉我——"

"什么重要信息？妈，该说的我都说了。"

"你有和我讲过动机吗？不好意思，我没有听到。兴许是我上了年纪，耳朵不太好使了。"

"我刚才说过，我难以理解欧文的动机，妈——"

"欧文的动机？谁问你这个了。其他人的动机呢？死者的岳父，巴雷特医生，他是否会因格雷迪之死而得到一大笔财富？厨师路易呢？他是否因格雷迪经常侮辱他的厨艺而怀恨在心？这些你有说过吗？"

太好了，战胜老妈总是令我很有成就感，这样的机会可不常有，所以我尽量充分利用。"行了，行了，妈，看来我们这些愚蠢的警察还是稍稍领先你一步，"我挺起胸膛，得意地笑了笑，"巴雷特医生不可能为钱财而谋害格雷迪，因为格雷迪几乎身无分文，他破产了。他最近的三场演出都遭遇了滑铁卢，现在完全是虚张声势。更何况，巴雷特医生本就是个很富有的人，住在公园大道的顶层豪华公寓。路易更不可能因厨艺受到侮辱而报复格雷迪，因为格雷迪欣赏路易的厨艺。事实上，店里唯一没有被格雷迪羞辱过的人就是路易。格雷迪每月都会给路易很多小费，并且每次举办派对都让路易担任主厨。所以说，妈，你的推测恐怕不太准确。"

奇怪的是，老妈似乎一点也不吃惊。她只是点了点头，"很好，和我想的一样。我还没问完，戴维，接下来这个问题很关键，所以请仔细想一想。请问，格雷迪点的第三道菜是什么？"

"什么？"

"他点了两碗面汤，然后又点了什么？你连这么简单的问题都听不懂吗？"

"妈，你能不能告诉我，他之后点了什么有什么意义？他又没有吃，毒死他的是那碗汤，而不是——"

老妈露出神秘的微笑，"我很感兴趣，这就是意义。拜托你迁就一下我这个越发愚笨的可怜老太婆，回答这个问题吧。"

"好吧，好吧。"我嘴上答应，心里却在想：女人都一样，哪怕聊的是一起谋杀案，她们也无法忽略那些无关紧要的小细节，比如美食和家务。"我记不清了，但我确实看了一眼欧文填写的点菜单，格雷迪好像点了一份克鲁姆霍尔茨特制三层扑克三明治，包含培根、生菜、蛋黄酱、烟熏鲱鱼、俄式调味酱、萨拉米肉肠①，还用了腌黄瓜当配菜。"

"谢谢，"老妈说，"这是一条非常重要的信息。"

雪莉叹了口气，脸上流露出另一种同情，而老妈依旧保持微笑，"最后且最重要的问题。服务员欧文，一位老人家，年事已高的他能否维持工作效率？举个例子，在就餐高峰时段，他会不会应付不过来客人的点单？他还有没有力气手举托盘？请说明一下。"

"妈，这真的很重要吗？"

"对警察和社会学家来说，这也许不重要，"老妈微笑着说，"但对一个有常识的人来说，这绝对重要。"

---

① 萨拉米肉肠：salami，欧洲民众喜爱食用的一种腌制肉肠。——译者注

"好吧，好吧，妈，你这回猜对了，欧文工作上确实遇到了麻烦。这是整起案件最令人悲伤的一点。可怜的老欧文年纪已大，再也当不了服务员了。他再也不能单手将沉重的托盘举过头顶，这意味着高峰时段他几乎无法在人群中穿梭。所以克鲁姆霍尔茨计划在本月底给他一个惊喜，他打算让老人带着一大笔奖金和养老金退休。换句话说，妈，只要可怜的欧文再忍受格雷迪的羞辱几周，他就能永远解脱了。"我摇了摇头，"妈，这件案子令人悲伤，非常令人悲伤。"

"唉，确实，一件令人悲伤的案子，非常非常令人悲伤。"老妈不停摇头，一时间我不由得怀疑她是否在取笑我。只见她猛地抬起头来，极度轻蔑地哼了一声，响亮刺耳，这是她的拿手好戏，"悲伤？这明明是一出悲剧！我们应当为此举行葬礼！还要请一个祈祷班，但不是为欧文，而是为全体警员，他们竟然短视到看不见自己的鼻子！我一点也不担心欧文，他明天就能出狱了。"

"妈，你在说什么？没有人能救得了欧文！他——"

"我可以。我可以向你证明他没有犯罪，我还可以告诉你凶手是谁。"

"我不信。"

她抬起下巴，优雅又端庄。"那你想赌什么？我的卧室需要一些新的墙纸。要是我说到做到，你愿意在周日过来帮我贴墙纸吗？"

"妈，我周日要和雪莉去大都会艺术博物馆。她想丰富我的精神文化生活。"

"精神文化生活可以暂缓。我告诉你谁是凶手，你来帮我贴墙纸，怎么样？"

我犹豫了片刻，雪莉则开口道："戴维，你就答应了吧。你肯定不会输的。"

我点点头。"好吧，妈，赌约成立。"老妈把手伸过桌子，和我握了握手，然后靠在椅背上，脸上露出满意的微笑，"那么现在，开始解答吧。首先，我会向你证明欧文并非投毒者。想想我问的最后一个问题。你刚才说，欧文年纪大了。你还说，他如今工作不顺，无法单手举起沉重的托盘，也就是说，他需要用两只手。那么昨日，当他将面汤端给格雷迪时，他手上的托盘是轻还是重？你亲口告诉我，那个托盘分量不轻。你告诉我，托盘上有两碗面汤，两杯啤酒，还有一杯克鲁姆霍尔茨特制桃子味圣代以及一块内斯尔罗德什锦果脯派。那不仅是一个沉重的托盘，还放满了杯子、碗、液体以及各种可能洒得到处都是的东西，而老欧文本就担心自己举不稳托盘会被格雷迪嘲笑，相信我，他一定会拼命用双手抓着托盘！既然他是用双手抓着……"

"那他怎么可能往汤里投毒！"我大喊道。

老妈点点头。"没错，不愧是我的儿子，一点就透。"

我皱起眉头思考片刻，然后摇了摇头。

"可是，妈，这不可能啊。假如欧文没有往汤里投毒，那凶手到底是谁？在欧文把面汤端上桌之前，其他人都没接近过那碗汤。面汤上桌之后，也不可能有人动手脚，因为格雷迪马上就开始用餐了。"

"会不会是在汤离开厨房之前呢？"

"妈，这就更不可能了，因为克鲁姆霍尔茨站在厨房门口喝了满满一勺汤。"

"也许是，"老妈神秘地竖起一根手指，"也许不是。"她微笑着来回扫视，尽情享受眼前这一幕，然后继续说道，"这就引出了我问的第二个问题。格雷迪先是点了一道蓝点生蚝和两碗面汤，之后又点了什么？我刚才问过你，你也回答了我，一份克鲁姆霍尔茨特制三层扑克三明治，里面有培根、生菜、蛋黄酱、烟熏鲱鱼、俄式调味酱、萨拉米肉肠，还有腌黄瓜。戴维，我问你，这是不是有些奇怪？"

"确实奇怪，我觉得一个人吃不了这么多，但除此之外没什么让我觉得奇怪的。"

"戴维啊戴维，格雷迪一分钟前才告诉欧文，不要往自己的面汤里加盐，这是医生叮嘱的。然而下一分钟，他就点了一份配料为培根、生菜、蛋黄酱、烟熏鲱鱼、俄式调味酱、萨拉米肉肠，再加上腌黄瓜的三明治，盐分多得快溢出来了！要我说，这样的三明治简直就是个盐块！"

"的确，妈，我明白你的意思了，这确实很奇怪，他到底是为什么——"

"原因只有一个。他撒谎了。他撒了一个弥天大谎。他的真实目的是确保厨师路易会为他和他岳父各做一碗非常特别的汤，这样一来，欧文就不会把二者搞混——把巴雷特医生的汤给他，把他的汤给巴雷特医生。也就是说，为了确保这一点，他谎称自己需要一碗不加盐的汤。"

"妈，这是为何？为什么格雷迪那么在乎哪碗汤给了自己，哪碗汤给了巴雷特医生？"

"因为他担心意外喝到那碗被路易加了氰化架（钾）的汤。"

那一刻，我目瞪口呆，脑子里一片混乱。我似乎花了很长时间才反应过来。

"妈，你是在暗示格雷迪和路易……"

"我不是在暗示，而是在指控。巴雷特医生没有杀害格雷迪的动机。但格雷迪却有不得不杀害巴雷特医生的理由！格雷迪破产了，而巴雷特医生在公园大道有套顶层豪华公寓，如果巴雷特医生意外离世，毫无疑问，他的女儿，也就是格雷迪夫人，将得到所有遗产，包括公园大道的顶层公寓，格雷迪也就有机会东山再起了。完美的动机！那么，在这起谋杀案中，他该找谁做同伙呢？谁能第一时间接触那两碗面汤，确保毒药被投入正确的那碗？谁深受格雷迪赏识，从他那里得到了大量小费，还为他的派对供应酒食？谁能轻而易举地获取老鼠药？你说还有谁？"

我激动地点点头。

"对，妈，你说得没错，他是唯一一个……"我顿了顿，"不，"我说，"这不可能！路易没有动手脚。首先，被投毒的不是巴雷特医生那碗加了盐的汤，而是格雷迪那碗没加盐的。其次，克鲁姆霍尔茨亲自尝过那碗汤。"

"这两个疑点，"老妈说，"有相同的解答。"

"什么解答？妈，我实在想不出来。"

"什么解答？我刚才已经说过了。格雷迪让我想起你先父的一位表姐。没记错的话，她名叫赛迪·施瓦茨。"

"妈，她也被毒死了吗？"

"不，她没被毒死。他们的相似之处完全源自个性。你不觉得谋杀是生活中特殊的一环吗？如同其他的一切，是由人的个性导致的。你先父的表姐赛迪·施瓦茨就是个讨厌鬼！愚蠢无能，什么都看不顺眼，总是对别人大喊大叫，说些伤人的话。其他家庭成员无法容忍这样的行为，也用同样的方式回敬她。我记得有一次……我通常是一位完美的女性，但这不是重点。关键在于，那些没资格对她大喊大叫，甚至辱骂她的倒霉蛋该怎么办？那些有求于她，靠她挣钱过日子的人该怎么办？这些人会怎么报复赛迪·施瓦茨呢？戴维，这是生活中常有的事。懦夫也会报复，只不过是以懦弱的方式，而不是像一个男子汉那样堂堂正正。他会在暗地里搞一些小动作，所以你很难注意到。当一个懦夫想要报复某人时，他不会给对方制造大麻烦——比如朝脑袋开一枪之类的——但他会制造一些恼人的、不易察觉的小麻烦，有时甚至比朝别人头上开一枪更糟糕，就像赛迪表姐——"

"妈，你能说重点吗！"

"就像赛迪表姐和水管工，"老妈重复了一遍，眼神犀利，"数月以来，赛迪一直令水管工心神不宁。像她那样的女人，连拉比①都会被惹恼。所以，当赛迪表姐因水管没有修好而对他大喊大叫时，水管工会怎么做呢？他会用扳手敲碎她的脑袋吗？当然不会。他会用另一种方式进行报复。水管工微笑着鞠了一躬，回道：'好的夫人，我会再来修水管的。'然后他就在午夜十二点前来修水管，而且每次都要修上整整一小时，其间赛迪家的水管砰砰作响，就这样持续了整整一小时，但是赛迪对此毫无办法！整整两个月，赛迪都没法在凌晨一点前入睡。"

"妈，"我的声音有些嘶哑了，"这与本案有什么联系？"

老妈说："格雷迪让我想起了赛迪。服务员欧文则让我想起那位水管工。欧文会大张旗鼓地向格雷迪报复吗？不会，他不会这么做。他只会搞些小动作。他是个可怜的老头，但他还没可怜到或者说老到无法报复。格雷迪说他不能喝加了盐的汤，否则会发生严重的胃灼热，所以欧文告诉自己，'好吧，那我就这么干。既然你对我百般羞辱，还投诉我把拇指伸到汤里，那我就让你尝尝胃灼热的滋味'。"

"我明白了，妈，我明白了！"我大喊道，"克鲁姆霍尔茨在厨房门口尝到的不是巴雷特医生的汤，而是路易为格雷迪特制的，自然没有中毒。可是当欧文把两碗汤端上桌时，他

---

① 拉比:rabbi,犹太教经师或神职人员。——译者注

调换了两碗汤！他把格雷迪的汤给了巴雷特医生，把巴雷特医生的汤给了格雷迪。他以为这样就能让格雷迪吃到苦头，不料在无意中害死了格雷迪！"

"相信我，戴维，"老妈靠着椅背，深深地叹了口气，"我想不出更好的解释了，还有别忘了，"她补充道，"你周日要来帮我贴墙纸。"

"等一下，妈，"雪莉说，"我还有异议。恐怕有个小小的漏洞能彻底破坏你的推理。"

"是吗？"老妈带着好奇心礼貌地转头朝向她。

"你说的每一句话都是基于这样一种假设，即服务员欧文——他是叫这个名字吧？——调换了两碗汤，导致格雷迪尝到加了盐的那碗。我说得对吗？"

老妈点点头。

"可是亲爱的母亲，"尽管雪莉的语气彬彬有礼，但我还是能从她的眼神中看到一丝狡黠，"欧文要如何撇清关系呢？难道他没意识到——他怎么可能意识不到——一旦受害者尝过那碗汤，发现汤里加了盐，就不会再尝第二勺了。这样一来，格雷迪就不会发生胃灼热，欧文只会让自己惹上麻烦。妈，你对此作何解释？"

老妈双臂交叉置于胸前，自信地对雪莉露出微笑。

"亲爱的雪莉，我只需用两个字来解释——辣根。在点汤之前，格雷迪还点了一道蓝点生蚝，并且加了很多辣根，克鲁姆霍尔茨最出名的辣根，就像宣传语说的那样，那是全纽约最强劲的辣根。所以说，欧文确信格雷迪尝不出他的汤里有没有加盐。毕竟，吃了全纽约最强劲的辣根之后，他就尝不出任何味道了。"

雪莉微微往后一倒，神情惊讶，老妈则淡定地转向我。"周日上午，戴维，"她如是说，"你可别忘了。"

"妈，你不会把刚才那个荒谬的赌约当真了吧，"雪莉努力挤出一丝笑容，"你不会真的打算阻止戴维接触艺术吧。"

"记得早点来干活。"老妈直接无视了雪莉。

坦白说，我并不觉得遗憾。无论如何，大都会艺术博物馆确实对我的腿脚来说不太友好。

妈妈沐浴春光里

春光无限好。

这大概就是我和雪莉想为老妈再牵红线的原因。

"毕竟,"我说,"五十岁出头还不算太老。老妈明明比大多数三十岁的女性更具活力。我不想让她孤身一人住在布朗克斯的公寓里。"

"那好,"雪莉像往常一样精干务实,"我们该把她介绍给谁?"

这个问题的答案显而易见,当然是米尔纳探长。他是凶案组内年龄最大、最符合条件的单身汉——顺带一提,我也是凶案组的其中一员。他样貌不差,属于身材高瘦,但有几分笨拙的那一类型,相比于那些虚有其表、油嘴滑舌的男人,老妈应该更喜欢他这一款。性格上,他比较多愁善感、腼腆、谦逊,这将为老妈制造很多照顾以及呵护他的机会。并且他也是犹太人，老妈不擅长和非犹太人相处。最棒的是，他和老妈有着相同的话题，也就是破案。我几乎无法统计，在每周五晚的饭桌上，老妈帮我解决了多少疑难案件。

"那么第一步是什么呢？"我对雪莉说。

显然，第一步是要让这对佳人聚到一起。为了达成这个目的，一个小小的谎言是必要的。我告诉老妈，米尔纳探长是个可怜又孤单的老光棍，他厌倦了餐厅的食物，希望尝一尝我们的家常菜。米尔纳探长则被告知，我的母亲是个可怜又孤单的寡妇，不喜欢一个人在家吃饭，渴望向一位懂美食的绅士展示自己做的美味的炖肉。其结果就是，下周五晚上，米尔纳探长将随我和雪莉前往布朗克斯共进晚餐。

我们原本有些担心他对老妈的第一印象。老妈是个心直口快、无所顾忌的人，有时会让不熟悉她的人感到不快。哪怕是美国总统光临寒舍，我相信老妈也会穿着同样朴素的家居服，请他喝同样的汤，并以同样犀利、讽刺的方式点评他的治国之策。

幸好，我们这回遇到了意外之喜。米尔纳探长不是总统，从老妈的角度来看，他比总统好得多。他是个腼腆的男人，有一双忧伤的眼睛，老妈这辈子总是拿满眼忧伤的男人没办法，我先父的照片就是证据。于是，米尔纳探长走进公寓两分钟后，老妈紧蹙的眉头缓缓舒展，脸上几乎露出了笑容，并亲切无比地与他握手。她对我说的话还是一如既往地尖锐，她还是会和雪莉拌嘴，但面对米尔纳探长时，她突然就变成了完美的女主人，极其关心宾客的舒适度，兴致勃勃地与其交流。

晚餐期间，气氛达到高潮，我们自然而然地聊到了凶案组。老妈再一次问起我最近负责的案子，得知我和米尔纳探长正在共同调查一起案件时，她很高兴。

"与一位理智的前辈搭档，我这傻儿子肯定受益颇多。"她夸赞道。

但米尔纳探长似乎高兴不起来。

"我已经在警局干了三十二年，"他说，"但人们对同类的残忍，还是会令我震惊。"

老妈轻笑一声。

"我在布朗克斯待了五十二年，还没有什么事能让我惊讶。"

"可怕，真是可怕，"米尔纳探长说，"怎么会有人……戴维，还是你来讲吧。我一想起这件案子就火大，我会语无伦次的。"

注意到老妈对米尔纳探长投去同情的一瞥，我意味深长地与雪莉交换眼神，然后开始讲述。

"最让我们自责的是，"我说，"案发前我们曾受到警告。大约一周前，一对夫妇——爱德华·温特斯和他的夫人伊迪丝找上了我们。男方年近四十，偏瘦，脸色苍白，戴着角质框眼镜，看上去弱不禁风，还有点紧张。女方相对年轻，个子不高，但是十分冷静且有些蛮横，显然她完全将丈夫玩弄于股掌间。这种关系会让男人对婚姻持怀疑态度……"

我注意到雪莉的视线，赶忙补充道："我指的是，某些男人的婚姻。当然，大多数情况下，婚姻是人生中最美妙的一段关系，所有人都会经历。"

"别跑题，继续讲案子。"老妈眼里放出的微光让我愣了一下。她会不会已经猜到了我和雪莉的计划？我告诉自己，这种想法太蠢了，她没理由起疑心。

"温特斯夫妇，"我继续说道，"很担心他们的玛格丽特姑妈。据他们说，玛格丽特姑妈已年逾五十，身材矮小，身体虚弱，年老色衰，一生未婚。她独自住在第五大道附近的一栋老旧双层私宅里，世上仅剩的亲人就是她的侄子爱德华及其妻子伊迪丝。他们说双方会相互关照。他们每周会和老姑妈一起吃两三顿晚餐。她会带他们去剧院。他们会替她挑选衣物，为她庆生，让她的生活多点色彩。总而言之，这就是温特斯一家的情况。"

"你忘了提经济情况。"

我惊讶地抬头看向老妈，我注意到米尔纳探长看起来也很惊讶。

"事实上，这位善良而又脆弱的玛格丽特姑妈有很多钱，"老妈说，"而她的侄子还有他妻子则没什么钱。你忽略了这一事实。"

"妈，你是怎么猜到的？"我说。

"猜？这还需要猜吗？"老妈看着我，"是你自己告诉我的。你刚才说，她独自住在第五大道附近的一栋双层私宅——这就说明她是一个富有的女人。第五大道可不比布朗克斯，租金和税金天差地别。"

"那她侄子和侄媳呢，"米尔纳探长说，"你怎么知道他们没什么钱？"

"戴维刚才说的是'她会带他们去剧院'。但通常情况下，是孝敬的侄子们和他们的夫人请可怜的长辈去剧院。我由此断定是玛格丽特姑妈买的票。"

"你真聪明，"米尔纳探长摇着脑袋，"简直就像专业人士。"

"确实是她买的票，"我说，"说实话，温特斯夫妇走进办公室不到五分钟就被我看穿了——他们在啃姑妈的棺材本。这对夫妇似乎并没有什么谋生手段。爱德华说自己是一名建筑师，但他承认自己最近没有设计过任何建筑，他把时间花在拆除重建纽约市这个复杂的计划上。他的妻子伊迪丝没有任何个人财产，她来自中西部，结婚前当过秘书。然而他们衣着考究，在曼哈顿有一套漂亮的公寓，完全不像省吃俭用的人。那么钱是从哪来的呢？除玛格丽特姑妈外没别的可能了。

"言归正传，他们来凶案组是因为非常担心玛格丽特姑妈。他们确信有人想谋害她，他们甚至可以告诉我们此人的姓名，一位来自肯塔基州路易斯维尔市的烟草种植园主，名叫托马斯·基斯。"

"等一下，"雪莉发话了，她有时也想向老妈展示自己的推理能力，"你说的话有矛盾。既然玛格丽特姑妈在这世上几近形单影只，是一个生活围绕着侄子侄媳转的老姑娘，那她怎么会认识远在肯塔基州的烟草种植园主？"

"多动脑筋，"老妈像往常一样告诉雪莉，推理并不像某些人想象的那样轻松，"一个独自生活的老姑娘，平日里除了一对啃老的晚辈外没有别的人际交往对象，这似乎指向了一种可能——给征婚交友专栏写信，一部分心地善良但又敏感脆弱的女性总会在信件中宣泄情绪。"

"一猜就中！"米尔纳探长惊叹道。

"妈，被你说中了，"我说，"几个月前，温特斯夫妇去玛格丽特姑妈的私宅拜访她。当她出门迎接时，他们碰巧注意到一封信掉在地上，这封信正是托马斯·基斯寄来的。他们拿着信和玛格丽特姑妈对质，于是她坦白了一切。她在一些杂志的征婚交友专栏上登记了自己的名字，附上'这位优雅聪慧的女士渴望与一位有教养的中年绅士通信'等等信息，你们懂的。不久之后，基斯就给她回信了。当她把这件事告诉侄子侄媳时，她和基斯的关系已经变得非常亲密。在信中，基斯诉说着她对他的生活产生了多么深刻的影响，玛格丽特看了之后就像第一次跳舞的年轻姑娘一样容光焕发，充满自信。"

"那两个没用的晚辈有意见？"老妈愤愤不平地说，"他们认为一个五十多岁的女人没资格享受生活中的任何乐趣？"

听到这句话，我和雪莉不禁对视一眼，在彼此眼中看到了大功告成的喜悦，虽然这么说可能为时过早。

"他们确实有意见，"我接着说道，"他们马上开始对玛格丽特姑妈施压，声称她干了一件蠢事，这件事幼稚且危险。他们认为基斯只是看上了她的财富，是在愚弄她，没准还打算伤害她。不过他们说得越多，她的态度就越强硬。她以往是个非常好说话、容易受摆布的女人，但她和基斯之间的关系，对她来说似乎已经非常重要了，即便他们从未见过面。她告诉侄子侄媳，无论如何，她都不会停止给基斯写信。这是她人生中第一段真正的友谊。他们都有自己的朋友，凭什么她不行？"

"玛格丽特姑妈说得对。"老妈有力地点点头。

"玛格丽特姑妈说得对。"米尔纳探长小声重复了一遍。

"这还没完，"我继续说道，"侄子侄媳的反对起了反效果，玛格丽特姑妈给基斯写的信比之前更加热情大胆，没过多久，字里行间就透露出谈婚论嫁的迹象。爱德华和伊迪丝勃然大怒。他们和姑妈之间起了一些冲突，他们声称自己没有对她大吼大叫，但是在我看来，伊迪丝·温特斯一句轻飘飘的话造成的伤害就胜过山呼海啸。最终，在基斯寄来一封情意绵绵的信之后，温特斯夫妇找上我们。

"他们要求我们把基斯关进监狱。他们说，像他这样的男人就是个祸害，他可能是骗子、人贩子，甚至更糟——一个潜在的杀人犯。据我调查，爱德华·温特斯不久之前去世的母亲大约二十五年前就是征婚交友广告的受害者。有个骗子向她要了很多钱，然而她一直没有醒悟。总之，这件事导致她的儿子对此类人充满敌意。不过要我说，他的敌意有一部分是出于不愿和素未谋面的烟草种植园主分享姑妈的财产。

"没办法，我们只能告知温特斯夫妇，我们实在爱莫能助。基斯住在另一个州，暂时还没有犯罪，玛格丽特姑妈完全有权与任何她喜欢的人通信。伊迪丝·温特斯对此非常恼怒。她和她的丈夫从玛格丽特姑妈的书桌上偷拿了一封基斯寄来的信，为了证明他是个骗子，她搬出了那封信。说实话，那确实有点像骗子写的东西，但我们还是无能为力。"

"怎么个像法？"老妈说，"举个例子。"

我思索了一分多钟。

"怎么说呢，那封信里充满了各种浮夸的奉承话，措辞也非常有南部特色，比如'我可爱的木兰花'，还有'照耀我人生的星星'等等。基斯的字迹小且细长，所有字母都很花哨，具有独特的卷曲，你们应该知道我在说什么，那种老式字体的风格。

"不过信中最糟糕的部分是附言。他接连用了'甜心'和'独属于我的天使'，还特意提到他有多期待在不久的将来与她相见。他是这么写的：'我最近一次造访你所在的城市，是在1929年，彼时我孤身前往，内心空荡。我见到了自由女神像，对于我来说那只是一块空心的石头。我站在帝国大厦顶层往下看，目之所及皆为烟囱和屋顶。我漫步在中央公园，沿途树木一言不语。不过我很快就会再来，这回我的心被填满了，你会和我挽着手，纽约将变成一座梦幻都市。'真是肉麻死了，妈，这就是那个男人写的。可怜的玛格丽特姑妈瞬间被击中了。"

老妈耸了耸肩。

"典型的男性思维。男人们会想出各种花言巧语，极尽所能地对女性奉承讨好，如果女人们没有沦陷其中，他们就会异常失望。反之，一旦女人们不小心中了招，男人们就会开始嘲笑她们，然后感叹一句：'愚蠢的女人！'"

"并不是所有的男人都这样，"雪莉忍不住插嘴，"有些男人非常尊重和欣赏女性。"

老妈给了雪莉一个微笑——又一个让我怀疑她已经猜到了个大概的微笑。不过我的疑虑没有持续多久，因为老妈催着我继续往下说。

"紧接着，温特斯夫妇气冲冲地走出办公室。"我说，"他们声称，如果我们不帮忙，他们会自己动手解决问题。我们后来才知道他们干了什么。爱德华·温特斯当晚就坐飞机去了路易斯维尔，想和托马斯·基斯当面谈谈，警告他远离自己的姑妈。没想到，他在电话本里找不到基斯的电话号码——你们马上就会知道原因。于是温特斯第二天早上又坐飞机回到纽约。当他在那天下午见到姑妈时，对方非常激动。玛格丽特姑妈收到了一份基斯发来的电报。注意，这封电报是收报人付款！你们能想象出这家伙有多大胆吗？他说自己今晚就会来纽约'宣示对挚爱之人的永久所有权'。

"可问题是，老妇人对此手足无措，显然她从未想到彼此的友谊能走到这一步。真到了谈婚论嫁的节点时，她似乎失去了勇气。她既害怕又心烦，恳请侄子侄媳当晚和她共进晚餐，并且在基斯来之前陪着她。他们一直等到后半夜——据温特斯夫妇说——但基斯始终没有出现。最终，温特斯夫妇离开了。

"第二天早上，他们给玛格丽特姑妈打电话，然而没有人接。于是他们赶往她的私宅，发现前门没有锁，她的尸体倒在客厅地板上。玛格丽特姑妈是被自己的一条围巾勒死的，基斯的电报被她紧紧攥在右手中。真相一目了然。侄子侄媳离开后，她那来自南部的情人现身了。他此行的目的是为了娶她，但她却说自己改变主意了，不想嫁给他——还记得她收到电报时有多慌乱吗？所以他一怒之下杀害了她——他可能还想在屋里找些财物。事情就是这样，这就是我们正在侦办的案子。"

我们吃着炖肉，沉默了一阵之后，老妈点了点头，"那你们现在打算怎么做？"她问，"你们有没有让肯塔基州的警方跑遍各个地方搜寻这个托马斯·基斯？"

"一切都结束了，"我说，"我们昨天把基斯引渡到我们州，他现在已经被我们丢进监狱了。"

"他就是个禽兽，"米尔纳探长说，"不配称之为人。"

老妈严肃地盯着我，"你的意思是，你们真的找到他了？

确实有一个叫托马斯·基斯的男人?"

"噢，妈，我明白你的意思了，"我笑着说，"基斯自然是个假名，他只在寄给玛格丽特姑妈的信上用这个名字。不过我们利用他的照片轻而易举地找到了他。"

"照片！"老妈坐直身子，向我投来她最为犀利的眼神，"如果可以的话，请解释一下你为什么要隐瞒这么重要的信息? 你是不是觉得，如果把每条线索都告诉我的话就太没意思了? 我能问一问照片是在哪里找到的吗?"

"是在老妇人的卧室里找到的。准确地说，就在她的枕头下面。她确实枕着男人的照片睡觉。我们查阅了档案，确认照片上的人是一个名叫山姆·基德的老骗子——同样浓密的黑胡子，同样光亮的黑发。他过去在东部各州流窜作案。1929年他在纽约被捕，在南部服了十五年的刑，出狱之后大概是改邪归正了。当然，有关部门一直盯着他。据说他现在在做服装生意，再也没有北上过。不过，他背地里一定还在用征婚交友广告骗人。"

"他1929年来纽约也是为了骗人?"老妈问，"用'征婚交友广告'这招?"

"他肯定不止这一招，"我说，"妈，他天生就是干这行的。你应该好好看看他。说实话，现如今他的胡子变灰，头发也变白了，看起来比照片上的那个人更老，但他仍然像以前一样油滑，不难理解为什么一个孤独的老妇人会迷上他。"

"这充分说明了一个独居的老女人有多么危险。"雪莉插嘴道。

"事实的确如此，"老妈答道，"总会有人试图替你找个伴，还有其他类似的危险。"

没等雪莉还嘴，老妈转过身来看向我。

"你们是在肯塔基州逮到这家伙的？就在路易斯维尔？"

"不，他不在路易斯维尔。我承认这是我们本次办案工作中的一个小缺憾。山姆·基德在佐治亚州的亚特兰大经营一家服装店。他声称自己这辈子从未去过路易斯维尔。他还说自己从来没听说过玛格丽特姑妈和她的亲戚。遗憾的是，路易斯维尔电报局的小姑娘并未留意给玛格丽特姑妈发电报的男人。同样遗憾的是，笔迹鉴定专家无法确定那些信是否出自他之手。在他们看来，那些信像是伪造的。不过另一方面，我们有一个重大突破，基德在案发当晚没有不在场证明。他可以轻松地飞到纽约，杀害玛格丽特姑妈，然后再飞回亚特兰大。"

"这是关键证据，"米尔纳探长说，"苍天可鉴，我也不想看到一个人蒙冤入狱，但是这种卑鄙无耻的混蛋——那个可怜又弱小的女人——幸亏我们掌握了关键证据。"

"这是非常重要的证据，"老妈说，"唯一的问题是，它和真相没什么联系。"

经历此前种种，我已经习惯了老妈这种猝不及防的、令人沮丧的发言，我已经可以从容应对。我会耸耸肩，或不屑地微微一笑。在内心深处，我可能在抱怨，可能在对自己说：

"别来了，她不能再对我做这种事!"但这只是我内心的想法。表面上，我依旧镇定自若。

可怜的米尔纳探长是第一次听到老妈的唐突发言。在那一刻，他的样子绝对无法用镇定自若来形容。

"我没听明白，"他说，"你怎么能——我是说，是什么让你——我的意思是，你似乎非常确定……"

"确定? 谁确定了?"老妈答道，"我有自己的想法。不过首先我想提四个我比较感兴趣的小问题，然后就能下定论了。"

米尔纳探长看起来更加困惑了。

"四个问题? 我还是没听懂。哪四个问题?"

我赶紧伸出援手。

"没什么。我妈就是喜欢提问，只要是她感兴趣的话题。这只是一种无恶意的好奇……"实际上我非常焦虑。老妈的"小问题"有时会比较古怪模糊，我不想让米尔纳探长认为她脑子糊涂了。"妈，你继续吧，"我的心脏狂跳不止，"说说你的问题。"

她非常严肃地转向我。

"问题一：玛格丽特姑妈从托马斯·基斯那里收到的信上有没有邮戳? 能否确认它们是从路易斯维尔寄来的?"这个问题不仅一点也不奇怪，还非常有意义。我松了口气，同时注意到雪莉也如释重负。"妈，我知道你在想什么了，"我说，"假设山姆·基德不是从路易斯维尔寄来那些信，假设他是从亚特兰大寄来的，邮戳应当能证明这一点，这样一来我们就有确凿的证据来指控他。可惜，这是条死胡同。玛格丽特姑妈没有保留那些信件的信封。温特斯夫妇告诉我们，她把信封全扔了。"

"很好，"老妈说，"很高兴听到这个消息。"

"很高兴？可是妈，这根本不是什么好消息——"

老妈没有理睬我，继续提问。

"问题二：玛格丽特姑妈和大多数老年单身女性一样爱干净，是不是？她会让自己和住所保持干净整洁，就像没有别的人来过，对吗？"

我顿时有些不安。因为第二个问题不像第一个问题那样指向性明确。不过幸运的是，老妈猜得很准，"是的，她非常爱干净，是个整洁的人，"我说，"调查案发现场时我们就确认了这点。"

"问题三，"老妈说，"那个没用的侄子，我猜他不仅依靠姑妈的钱过活，而且还是个守财奴？他是一个极其吝啬的人。我说得对吗？"

我越发不安。我只能笑一笑，试图把老妈的问题当作玩笑蒙混过去。"呃，我不明白这种问题有什么——"

"你不需要明白，只需要回答问题。"

"好吧，你这个问题属于歪打正着。我们对仆人、邻居、当地的商贩等人进行了问询，他们都和温特斯夫妇接触过。据他们说，他的吝啬在社区里是出了名的。他愿意花钱让自己过得滋润，但和其他人打交道的时候却锱铢必较。"说这些话时，我甚至能注意到米尔纳探长困惑的表情。"妈，你的最后一个问题是什么？"说出"最后"二字时，我稍微加重了语气。

"问题四，也是最后的问题，"老妈说，"在玛格丽特姑妈从托马斯·基斯那里收到的信中，是不是有很多词加了下画线？"

"下画线！"我不禁目瞪口呆，再也无暇顾及米尔纳探长，"你说的是下画线？这到底……"

"对，下画线，"老妈不耐烦地说，"就是在单词下面画线。我应该没记错吧？"

"是的，有很多下画线，"我回答，"每一封信都有。可是妈，我不明白……"

米尔纳探长倾身向前，以严肃的语气缓缓开口，仿佛是在对病人或小孩说话。

"你是不是觉得那是某种密码？"他说，"我的意思是，外国特工或者其他什么人，是他们在关键词下面画了线？"

"密码？"老妈一脸苦笑地看向他，"我觉得你可以这么说。对某些人来说，那也许就是密码。"

这句话太莫名其妙了，我们坐立不安，不知如何回应，场面实在有些尴尬。最终，雪莉打破了沉默。

"妈，你到底有何想法？既然已经提问过了，你现在是否认为警方找到了真凶？"

"真凶？"老妈轻蔑地哼了一声，"真凶正逍遥自在呢！"

老妈像往常一样抛出了重磅炸弹，我们也都做出了适当的反应。米尔纳探长尤其困惑。

"你究竟发现了什么？我们没有把任何尚不知晓的信息告诉你。我真的不想反驳——"

"我也没有发现任何你尚不知晓的信息，"老妈答道，"但我依靠自己的头脑发现了真相，而不是指望警察。"片刻后，老妈给了米尔纳探长一个歉意的微笑，"当然，我说的不是你，而是那些更年轻的人……"她略带歉意的微笑变成犀利的眼神，对准了我。

"好吧，妈。"我长长地叹了口气，因为我确信此时此刻她和米尔纳探长已经彻底没机会了。我确信她已经把对面那个可怜人彻底吓跑了。"那我们就听听你的高见，做个了结吧。本案的破解之法是什么？愚蠢的警方在哪个环节出了错？"

"你们错就错在，"老妈说，"忘记了最关键的因素——屠夫范伯格先生。"

米尔纳探长眨了眨眼。

"请问，"他有气无力地问，"范伯格先生是谁？到目前为止，这个人从未在本案中出现过……"

"屠夫范伯格先生怎么了？"我十分淡定地对老妈说。

"我会解释的，"老妈答道，"你们还记得上一次战争期间出现的肉类短缺吗？可怜的屠夫范伯格，在很长一段时间里，他都没有汉堡肉卖给顾客。

"我们听他抱怨过无数次！有一天，某个女人走进店里，给范伯格讲了一个有趣的故事，是她刚刚在历史书上看到的——拿破仑时代的法国也经历过肉类短缺，当年的屠夫在那段时间里常常杀猫取肉。范伯格听完这个故事后若有所思。第二天早上，我们如往常一样去买肉，出乎意料的是，他竟然有不少新鲜的汉堡肉供我们买！同样令人意外的是，以往在他店铺周围爬来爬去的两只猫消失了！相信我，当天早上没多少人买范伯格的汉堡肉。就像我们彼此说的那样：'巧合很好，但是有些巧合可能过于巧了，不太利于消化。'"

"这个让人起鸡皮疙瘩的故事，"雪莉发问，"和本案有什么关联吗？"

"我好像明白了，"米尔纳探长犹犹豫豫地说，"屠夫范伯格真的……"

老妈赞许地点了点头。

"你是个聪明的警察，"她说，"真是难以置信，我终于遇到了一个聪明的警察。看来我已经把话说得很清楚了，不是吗？就以玛格丽特姑妈从基斯那里收到的电报为例。这是一份由收报人付款的电报，你们刚才不是告诉过我吗？假设托马斯·基斯是一个能为了钱娶一个老女人的骗子，让对方相信他是一个多金的大烟草种植园主是他计划的一部分。眼看就要与对方结婚，他这个时候能半途而废吗？不，他不能。那么，他会蠢到发一份需要由对方来付钱的电报吗？"

"他当然不会!"米尔纳探长大喊,"为什么我之前没意识到?"

"至少你是个敢于承认这点的男子汉,"老妈笑着说,"不过这并不是唯一的证据。就拿照片来说,你们在玛格丽特姑妈的枕头下发现了一张基斯的照片,照片可能是装在其中一封信里寄给她的。但是此处有个重要的事实,那是足足二十五年前,也就是他于1929年进监狱之前拍的照片。同样的黑发,同样的黑胡子,这不是你自己说的吗?而如今他是一个满头白发、留着灰胡子的老男人。现在,这个骗子打算亲自出马,向一个富有的老处女求婚。在此之前,他会寄给对方一张二十五年前的老照片吗?当对方终于见到他,看到他现在真实的模样,他预想的婚礼可能会瞬间泡汤。抱歉,他不会冒险的。所以答案是,他从来没有给玛格丽特姑妈寄过那张照片。"

"好吧,妈,"我说,"这似乎证明了山姆·基德没有……"

"证据不止这些,"老妈无视了我,"我们已经证明了山姆·基德没有从路易斯维尔发电报。我们也证明了他没有给玛格丽特姑妈寄过自己的照片。现在,我们来证明他根本没有给玛格丽特姑妈写过信。"

"没错,他当然没有,"米尔纳探长有些激动地插嘴,"这一直困扰着我,但我就是想不通。帝国大厦……"

"啊哈!"老妈竖起手指,"我一直等着你们抓住帝国大厦这条线索。"

我比以往任何时候都更加困惑。

"妈，帝国大厦怎么了？"

"你读过基斯寄来的那封信，"老妈说，"就是温特斯夫妇偷拿的那封，你还记得他是怎么描述自己登上帝国大厦顶部，然后俯瞰纽约的吗？"

"可是这很正常。妈，每天都有人这么做。"

"确实。每天都有人这么做，现在也是。住在纽约和常来纽约的人会把这当作稀松平常的事。我们纽约人认为帝国大厦的存在是理所应当的。假如我们试图编造一个虚假的故事——一个南方人回忆中的最后一次纽约之行——我们自然会把帝国大厦添进去。我们没有考虑到的是，帝国大厦并不是从一开始就存在的。"

"1931年。"米尔纳探长插了一句。

"没错，帝国大厦直到1931年才竣工，但基斯却在他的信里说，他最近一次造访纽约是在1929年。"

"所以，真相其实很简单，"老妈说，"这个山姆·基德最后一次来纽约确实是在1929年。自此之后他就进了监狱，出狱后定居在佐治亚州的亚特兰大。那么，他为什么要谎称自己最后一次来纽约的时候去过帝国大厦？他明明只须在信中如实叙述那次旅行。除非，那封信是出自某个直到今天还住在纽约的人之手，他或她忘了帝国大厦是何时竣工的。"

"可是妈，"我再也忍不住，大喊出声，"既然你现在证明了山姆·基德没有写过那些信，这意味着他不是杀害老女人的凶手，那到底是谁写了那些信？是谁杀了她？"

"范伯格，那个屠夫！"米尔纳探长如得胜将军般加入对话。我盯着他，一半是惊讶，一半是高兴。老天，他已经开始像老妈一样说话和思考了。

"没错，屠夫范伯格，"老妈满意地点点头，"谁至今一直住在纽约？谁能轻易拿到一张婚恋骗子二十五年前的照片？没准他自己的母亲二十五年前就和这样一个骗子写过信。他从阁楼或者地下室翻出一张老照片，并将其塞到老女人的枕头下面，目的是误导警方。"

"我明白了，我懂了。"我说。

"据我们所知，"老妈继续说道，"谁曾主动坦诚，当玛格丽特姑妈收到那份电报时，他本人就在路易斯维尔？还有最关键的证据，谁最有可能发出那份要收报人自己付款的电报？谁是尽人皆知的守财奴？戴维，按照你的说法，谁在日常交往中异常吝啬？谁既爱财如命，又习惯于向玛格丽特姑妈要钱，以至于忍不住发了一份需要收报人付款的电报？"

"妈，是她的侄子！"我大喊道，"是他自己编造了神出鬼没的托马斯·基斯，是他回应了玛格丽特姑妈的广告，是他写了那些信。他跑去路易斯维尔，不是如他自己声称的那样去找基斯，而是去发一份电报，紧接着赶回纽约，在当天晚上杀害了玛格丽特姑妈，再把照片塞到她的枕头下面，然后在第二天'发现'尸体。多么巧妙大胆的计划，他不仅把罪名嫁祸给了替罪羊,而且还用自己的智慧制造出了替罪羊。"

米尔纳探长皱眉蹙眼,摇了摇头。

"但这并不能解释所有问题。这件案子不止她侄子一个凶手,有字迹为证。"

老妈开怀大笑。

"你说得非常有道理。没错,字迹。小且细长,戴维,你刚才就是这么说的,听起来像老人的字,不过多数女人的字也是小巧玲珑。同时,每一封信里的字母都很花哨,而且有各种卷曲,是不是越听越像女人的字?还有别忘了,很多单词都被加了下画线,这是典型的女性书写习惯。我之前在历史小说里读到过,一位英国女王,好像是叫维多利丝女王①?她就习惯在信件中加下画线,对吗?"

"一定是她侄媳,"我说,"我早该想到的。她是个掌控欲极强的女人,她的丈夫只是一个傀儡。是她写了那些信,是她想出了整个计划。我敢打赌她甚至亲手……"这个想法让我浑身一颤,止住话音。

"屠夫范伯格,再次登场,"老妈满意地说,"多年来,侄子侄媳一直靠姑妈维持生计。多年来,他们一直切断了姑妈与外界的联系,所以世上没有其他人能接近她的财富。不料突然间,有人闯入了她的生活,更可怕的是,她甚至有可能和这个人结婚!对于她的侄子侄媳来说,她的钱已不再安全。

---

① 维多利丝女王:此处老妈错把 Victoria 记成了 Victorious,实际应为维多利亚女王。——译者注

于是不久之后，玛格丽特姑妈突然遇害，而作为她唯二的亲人，她的侄子侄媳可以一劳永逸、名正言顺地得到她的遗产！相信我，戴维，摆在你眼前的是一大堆汉堡肉，其中肯定有一块是用猫肉做的，要我说，这只猫即使对纽约市警局凶案组来说也足够大了。"

米尔纳探长站了起来。

"我最好给凶案组打个电话。我们不能让那两个畜生逍遥法外。"

"请等一等。"

终于又轮到雪莉开口。她的声音有些尖锐，这一举动让米尔纳探长重新回到了座位上，我们都转身看着她。

"有件事还没搞清楚，"雪莉如是说，"玛格丽特姑妈收到的信件上必须有路易斯维尔的邮戳，纽约的邮戳会让她起疑。但我百思不得其解，温特斯夫妇究竟是如何从路易斯维尔寄出那些信的？"

"是啊，妈，这点怎么解释？"

我们都看向老妈，等待她的回答。

奇怪的事发生了。老妈非但没有用精妙的话语解答疑惑，反而突然变得十分不安，脸颊泛着淡淡的红光。只见她垂下眼帘，低声说："该吃甜点了，大家把盘子拿过来。"

"妈，别这样，"雪莉仿佛看到了胜利的曙光，"回答我的问题。"

老妈犹豫了片刻，然后抬头看向我们。她脸上的表情让我一惊。她很难过——非常难过，难过至极。

"妈，怎么了？"我问，"你是不是生病了？"

老妈摇摇头，叹了口气。

"我本来不想提这茬，"她说，"这原本是个秘密，我应当一直保密下去。既然你们这么想听，那就向我承诺吧。你们每个人都必须承诺，今晚出了这间公寓之后，这依然会是一个秘密。"

尽管无比困惑，我们仍一个接一个许下诺言。

老妈又叹了口气，然后开始解答。

"这件案子让我不由得想起表姐汉娜的侄孙——小乔尔，"她说，"可怜的小男孩。他天生害羞，而他的父母都是很轻浮的人，经常参加各种派对，却对小乔尔漠不关心。他那大大的近视眼镜给他造成了更多麻烦。他没有任何朋友，这是最关键的一点。他认为这是一种莫大的耻辱，他觉得别人都在嘲笑他，因为他是个连朋友都找不到的倒霉蛋。你们说，这个小男孩该怎么做？这是人之常情，不是吗？他只能编造朋友，编造出他们的姓名、他们的相貌、他们的家庭。他会讲述自己和朋友们一起玩游戏的经历，编造出一个个细致、逼真的故事。这是为别人好，当然也是为自己好。"老妈顿了顿，然后做出总结，"老女人和小男孩，两者之间没多大区别。"

我们死死地盯着她。

"妈，"我说，"你的意思是……"

"你们可能已经猜到了，"老妈回答，"那些信上的字迹，确实属于一个女人。但是那种花哨、卷曲的字体不像是出自一个年轻的现代女性之手，那种字体只流行于过去，那是当我还是个小女孩的年代。而那些下画线，那么多加了下画线的单词，也不像一个如温特斯夫人那般冷酷无情的女人会有的举动，那是一个多愁善感又容易激动的孤独女人会有的习惯。"

"是她给自己写了那些信，"米尔纳探长的声音有些颤抖，"她很孤独，她的侄子侄媳经常让她意识到自己的孤独。所以她决定向他们展示，她可以获得真正的友谊。"

"这就是为什么，她从来没有给他们看过信封，"我说，"那些信根本就没有信封。"

"没错，"老妈说，"这也是为什么，她的侄子侄媳会'偶然'发现那封信掉在地上。当晚辈登门拜访时，像玛格丽特姑妈那样爱干净的人是不会让重要信件掉在地上的。她就是希望他们发现那封信，认识她的朋友基斯，这是她计划中最重要的部分，就像小乔尔那样。"

"可是妈，"我若有所思地说，"她这样做岂不是把侄子侄媳耍得团团转？他们根本不知道是她自己写了那些信。他们真以为路易斯维尔有一个名叫托马斯·基斯的人，是吗？那他们为什么敢冒巨大的风险，翻出那张老照片，试图把罪行嫁祸给这个人？他们怎么保证他不会与警方接触，证明照片里的男人不是他？"

"他们的确无法保证，"老妈说，"但是他们可以确定，住在路易斯维尔的家伙在听说谋杀案之后很可能会想方设法撇清关系。更何况，警方已经得到了另一个人的照片，他又何必自讨没趣呢？不过话又说回来，即使他愿意出面，即使他跑到警局说：'我就是给那个老女人写信的人，你们在她枕头底下发现的不是我的照片。'即便如此，他依然很可疑。在旁观者眼里，他可是一个觊觎老女人钱财的骗子，这才是最要命的，即使他从未有亲自去见她的打算，他依然有可能把别人的照片寄给她。你们明白我的意思吗？无论事实如何，来自路易斯维尔的男人必将陷入不利的境地，而侄子侄媳可以独善其身。"

我们陷入了沉思，突然，米尔纳探长神色大变。

"那份电报！"他大喊，"我们——你已经证明电报是她自己的侄子发来的，那个可怜的女人——你们能想象她收到电报时的感受吗？她收到了一份她明知不存在的男人发来的电报，怪不得她会惊慌失措。"

"她完全不明白发生了什么，"我接过话茬，"这就好像她平时做的白日梦突然成真了。她又羞又怕，没有告诉侄子侄媳真相。"

"要是她有就好了，要是她有就好了，"米尔纳探长来回摇头，"这样一来他们就不会做那种事。他们没理由因为一个不存在的人实施犯罪。"

"要是她有就好了，"老妈的声音无比柔和，我上一次听到她发出如此轻柔温和的声音，还是我在童年得肺炎的时候，那次她守了我一整夜，"要是她能获得属于自己的一点点爱，"老妈说，"这就是她此生唯一想要的。她甚至愿意用自己的性命去赌一个虚无缥缈的可能性。"老妈注视着我，露出温柔的笑容。"在这个世界上，有一些人只是运气不好。"她如是说。

我们沉默许久。

餐桌上的甜点——老妈做的内斯尔罗德什锦果脯派——依然无人品尝，我们有些尴尬和不安，仿佛玛格丽特姑妈正红着脸和我们坐在一起。

过了一会儿，气氛有所缓和。老妈抬起下巴笑着说："好了，我们就当刚才那五分钟什么都没有发生，把注意力放回甜品上。请你们小心地把盘子拿过来。"我们递过自己的盘子，米尔纳探长起身给凶案组打电话，雪莉开始聊春季出的新款帽子。之后老妈讲了一个关于隔壁邻居康戈尔德夫人的笑话，晚餐在欢声笑语中结束了。

那天晚上，当他们道别时，老妈和米尔纳探长握了很长时间的手，我和雪莉看在眼里。当老妈说出"下次再来，我期待你的再次光临"时，我很清楚，她绝不只是在客套。老妈不是那种只会说客套话的人。电梯下行的过程中，米尔纳探长不停摇头，喃喃自语道："真是个了不起的女人。"第二天早上，我迫不及待地给老妈打电话，有意无意地打探消息。

"他是个很不错的人，不是吗？"我说，"我指的是米尔纳探长。"

"你说他啊？"老妈回答，"他确实很不错。不过他需要稍微胖一点，再吃几顿丰盛的晚餐就行。"

上午余下的时间里，我和雪莉都在庆祝，并且开始为下一次聚餐出谋划策。正如我所言，春光无限好。

妈妈流下一滴泪

"看着小孩光着小脚丫噼噼啪啪地乱跑，"老妈故意深深叹了口气，然后伸出手指责备我，"这是生活中最大的乐趣之一！我真不明白你和雪莉是怎么回事，居然不懂这种乐趣。"

每当老妈以令人尴尬的方式提起这个话题，我就会不好意思地笑笑。

"我和雪莉都巴不得有个孩子，"我说，"只要我升职加薪，只要我们付得起郊区那栋房子的首付——"

"首付！升职加薪！"老妈不悦地摇摇头，"现在的年轻人啊，我有时真觉得他们只顾着赚钱。戴维，相信我，要是我和你爹在你这样的年纪只关心房子的首付，你现在就不会坐在这里吃炖肉了！"

现在是周五的夜晚，明天是凶案组的休息日，因此我来到布朗克斯与老妈一块儿吃顿晚餐，每周五都是如此。不过我的妻子雪莉今晚没来，她要在芝加哥和娘家人待一周——我可真是不走运。老妈觉得雪莉不在场，正好跟我私下谈谈我们的婚姻生活。

"妈，再说吧。"我想把这个话题转为笑谈，"你不是常跟我说小孩子们与其说是宝贝，倒不如说是天大的麻烦吗？你一直把这句话挂在嘴边：'他们小时候会毁坏你的家具，长大后还会伤透你的心！'"

"有谁会否认这点呢？"老妈反驳道，"但是没有这些伤心事，生活该有多乏味啊！"

"假如你是艾格妮丝·费舍尔，"我说，"恐怕就不会有这种感受了。"

"艾格妮丝·费舍尔？我不认识这个女人。三楼倒是住着一个叫萨蒂·费希鲍姆的女人——"

"艾格妮丝·费舍尔是昨天发生的一起案件的当事人，我刚开始调查。她是个寡妇，有个叫肯尼斯的五岁儿子，昨天惹出了大麻烦。"

"那个小肯尼斯怎么了？"

"我们也觉得难以置信，可是种种迹象都表明，年仅五岁的肯尼斯·费舍尔是个杀人犯。"

老妈放下刀叉，久久凝视着我，目光之犀利，迫使我不得不内疚地低头避开她的目光，尽管我根本不知道自己在内疚什么。最终，她长叹一口气。

"我最担心的事还是发生了。我提醒你多少次了？这么多年，你一直和瘾君子、疯子、酒驾司机那类人打交道，你自己的脑子迟早也会出问题。你本来有个很好的机会，可以和你的西蒙叔叔一起做服装生意，你当初干吗不听我的话呢？"

"妈，你别紧张。我没有神经错乱，没有胡说八道。我把费舍尔家的案子讲给你听听，由你自己来判断吧。"

我的话显然没有让老妈信服，只见她拿起刀叉，优雅地吃了一小口菜，等着我开口。

"艾格妮丝·费舍尔今年才三十出头，"我说，"长得很漂亮，同时又有点神经大条——这种特质很吸引人，你应该能理解。她的丈夫是一名空军飞行员，一年前在战场上阵亡了。她和儿子肯尼斯现在住在亡夫留下的房子里。那是一栋位于华盛顿广场的四层建筑，是那里为数不多的老式红砖房，由费舍尔家族建于十九世纪。"

"这位已故的费舍尔先生有钱吗？"老妈问。

"费舍尔家族是纽约的老牌贵族，如今恐怕不如以往那么阔气了，但仍然过得很好。反正艾格妮丝·费舍尔过着相当安定的生活，跟亲友邻居相处得不错，看来已经适应了寡妇的身份。但是她那个儿子的生活就不怎么幸福安宁了，父亲的离世显然令他无比难过。他本身又是个腼腆害羞、爱幻想的孩子。父亲牺牲后，他更加不愿与别人接触了。比起跟别的孩子嬉戏打闹，他似乎更喜欢沉溺于自己的奇思异想中。然而，几个月前，有人闯入了这个小男孩和他母亲的生活。"

"那个人就是小肯尼斯的叔叔，他父亲的弟弟，尼尔森·

费舍尔。尼尔森即将步入而立之年，和他英年早逝的哥哥一样，也是一名空军飞行员，刚刚退役。他倒不是自愿——飞行是他生命的全部——而是因为在太平洋地区染上了疟疾。他需要有人照顾，而他嫂子恰巧是他唯一靠得住的亲人。艾格妮丝是个善良的女人，愿意收留他，腾出了那栋老房子的三楼供他住。于是他就搬进去跟嫂子还有小侄子住在一起。"

"小肯尼斯是不是有些不满？"老妈问。

"起初确实是这样。他会躲在角落里生闷气，要么就哭哭啼啼，要么就对他叔叔怒目而视。尼尔森·费舍尔还是个病人——他依然有疟疾后遗症。他时而头昏眼花，时而浑身发冷，每天都要吃药，每周都要去看医生，这使得艾格妮丝非常关心他，而肯尼斯似乎对此很反感。有一天，他甚至大发脾气，又蹦又跳，歇斯底里地喊叫：'他不是我爸！我不想让他当我爸！'尽管他后来冷静下来，但这件事还是让他母亲心烦意乱，也让仆人们议论纷纷。"

"这只是一开始的情况？"老妈说，"后来小肯尼斯改变了对他叔叔的态度吗？"

"他的敌意只延续了一个月，之后他突然就转变了态度，他原先根本不想看见尼尔森，现在又一刻都不想叔叔离开自己的视线。突然间，他对叔叔产生了一种不可动摇、彻头彻尾的英雄崇拜。他尾随在可怜的叔叔身后，无论叔叔去哪都跟着。他向叔叔提出许许多多问题，不管对方怎样回答，他都深信不疑。他对尼尔森叔叔所做或所说的一切都赞叹不已。"

"小孩子有这种表现很正常嘛。"老妈说,"他们一天一个想法,不需要合乎逻辑的原因。顺带一提,我知道有些成年人也——"

"确实很正常。"我说,"似乎也解释得通。不过后来发生的事就奇怪了——我还是按时间顺序说吧。几个月来,费舍尔家一切正常,尼尔森似乎很乐意有个小侄子做伴。他没结过婚,没有孩子,对待肯尼斯就像对待自己的小弟弟。这种关系似乎很理想。但是,一周前,夏季刚刚来临,小肯尼斯突然开始干一些奇怪的事。他一周前还是个非常诚实的孩子,一周后居然偷起东西来了。"

"偷东西?"老妈惊讶地探过头来,"他偷了啥?"

"妈,他总是偷同样的东西,那些属于他已故的父亲的东西。举个例子,艾格妮丝发现她丈夫的一枚银星勋章①不见了。她一直将其和丈夫的袖扣、结婚戒指之类的东西放在梳妆台的一个首饰盒里,然而那枚勋章居然不见了。她尽可能地试探厨娘和女仆,但是她俩都很气愤,坚称自己不是小偷。于是她又怀疑是那个来修水管的人偷的。第二天早上,那个女仆得意扬扬地拿着那枚勋章来到艾格妮丝面前,她说自己几分钟前整理肯尼斯的床,结果在他枕头底下找到了它。艾格妮丝非常困惑,向肯尼斯询问,可是那孩子不愿给她任何

---

① 银星勋章:一项美军跨军种的通用勋章。空军飞行员在成为王牌飞行员(击落五架敌机或以上)后,就被认为是满足了授予该勋章的条件。

解释。他只是扭过头咕哝了几句，然后就跑开了。艾格妮丝也不是那种铁石心肠、独断专横的母亲，不会动手逼孩子把话讲清楚。

"之后肯尼斯又偷了一样东西。艾格妮丝在其中一间储藏室里堆了一些纸箱，专门用来放杂七杂八的东西，其中有几个纸箱装着她丈夫的旧衣服和书籍文件什么的。有一天，她经过那间储藏室，突然听到里面嘎嘎作响。她打开门，看到肯尼斯正扯开一个纸箱，打算从里面掏出一样东西。

"妈，信不信由你，肯尼斯当时正在偷一件又长又宽松的斗篷，是几十年前的那种老式歌剧斗篷。那件斗篷也是他父亲的，当年他父亲在普林斯顿大学念书时加入过戏剧社，曾参演一部与《欢乐九十年代》类似的时事讽刺剧。那件长斗篷就是他父亲为角色准备的戏服。"

"小肯尼斯知道这事吗？他确定父亲当年穿过那件斗篷？"

"妈，他不可能不知道，客厅里就有一张他父亲演出结束后披着斗篷拍的照片。言归正传，艾格妮丝让肯尼斯把斗篷放回纸箱里。第二天，她去检查那间储藏室，发现那个纸箱又被扯开了，那件斗篷不见了。她径直走到肯尼斯的卧室，发现儿子不在，那件斗篷则挂在他的衣柜里。于是艾格妮丝把它取下来放回那个纸箱。可是第二天——"

"不用说，又偷回去了。"老妈说。

"没错，那件斗篷又不在纸箱里了。艾格妮丝实在受不了了，她不想整天为寻找那件斗篷奔忙，所以她告诉自己，肯尼斯可能只是想用那件斗篷玩一些幼稚的游戏，便不再理会了。

"可是肯尼斯并没有就此罢手。仅仅两天后，也就是三天前，他又开始偷东西。这次是厨娘和女仆一起来找艾格妮丝，她们惴惴不安，声称头天夜里听到顶楼有奇怪的动静，还以为是老鼠或风声，所以没去查看，各自睡觉去了。然而次日早晨，当女仆上楼打扫时，却发现那里被搞得乱七八糟，绝不可能是老鼠或风造成的。顶楼有一间小仓库，艾格妮丝会在这里收拾好亡夫的制服、军帽、徽章、大衣鞋子等日常衣物，并放入樟脑丸。女仆发现那里面仿佛被龙卷风席卷过，衣物和樟脑丸散落一地，艾格妮丝丈夫所有的制服，连同大大小小各种徽章，统统消失不见了。厨娘当即宣布辞职，她不想和肯尼斯这种缺乏管教的小毛贼住在一起，无论艾格妮丝怎么挽留都无济于事。

"唉，这下艾格妮丝真不知道该怎么办了。她现在非常担心儿子，想带他去看医生或儿童心理学家，搞清楚孩子究竟出了什么毛病。可她不是个果断的人，没有及时给医生打电话，结果到了昨天上午，一切都晚了。我们调查的命案就发生在昨天上午。"

老妈两眼一亮，我看得出她来了兴致，鬼使神差地顿了一下，叹了一口气，嚼了一口饭，故意助长悬疑的气氛。令我非常满意的是，老妈最终开口道："好了，好了，别卖关子，快说说出了什么事！"

"昨天上午，"我接着说，"肯尼斯从一开始就不太对劲。他照常跟母亲和尼尔森叔叔一起吃早餐，以往他会吃得很饱，可当天却什么也没吃，甚至连杯水都没喝。

"吃完早餐后，他就出去玩了。费舍尔家房顶有一个用帆布搭的雨棚，那是他最喜欢的游乐场所，被他称为'俱乐部'——但是在尼尔森来到他们家之前，肯尼斯从未带任何一位'俱乐部'会员去过那里。谁知昨天吃完早餐后，肯尼斯居然领着叔叔到房顶去玩。不过那孩子并不像往常那样精神抖擞、兴致勃勃，而是拖着脚步慢慢往楼上走，途中还回头看了几次，一脸坚定。他的母亲碰巧瞧见他俩上楼，尽管心里有点嘀咕，但因为当时正忙着接电话，就没过问。

"两小时后，她突然听见一声痛苦的喊叫，家里的仆人也都听见了，尽管不确定那喊声从何而来，但每个人都本能地奔向房顶。等大家赶到那里时，他们发现肯尼斯站在窄小的石墙边，那堵墙约莫到他下巴那么高，他正俯视着四层楼下方的后院。原来小男孩在低头瞧他的叔叔。显然，尼尔森是从房顶摔了下去，倒在下方的水泥地上。所有人都急忙冲下楼去救助他，发现他还活着。在痛苦的弥留之际，在生命的最后几秒，他始终嘟囔着同一句话：'肯尼斯，为什么？为什么？肯尼斯，为什么？'然后就一命呜呼了。

"妈，还有一件事得告诉你。凶案组赶到现场后搜查了房顶，在帆布雨棚下，在肯尼斯的'俱乐部'里，我们发现了——你猜得没错——肯尼斯从家里偷出来的所有东西。他父亲的空军制服、那件歌剧斗篷、各种徽章，甚至包括他父亲那枚银星勋章，那孩子居然想方设法再次将它从母亲的首饰盒里偷了出来！"

讲到最后一句话时，我骤然提高声调，然后戛然而止。不得不说，我对自己这种极具戏剧性的叙述很满意。现在，让老妈来评判一二吧！

"那个小男孩怎么样了？"老妈低声问。

"他吓傻了，"我答道，"案发后他一直紧紧抱着母亲哭哭啼啼，可就是不肯说出真相。只要有人问他，他就瞪着大眼盯着前方。医生说他会在一周左右的时间内镇定下来，但之后可能会永远失去这段记忆。"

"那你对此有何看法，戴维？"老妈问道，"根据你和警方的判断，当天房顶上究竟发生了什么？"

"我们可没有进行主观臆测，而是根据事实进行推断。这件案子有很多种可能性——我们全都仔细考虑过——但其中似乎只有一种能说得通。"

"那就说说你们考虑过的可能性吧。"

"尼尔森系自杀身亡是其中一种。但是这不太说得通。他肯定会因患病退伍而情绪低落，但是艾格妮丝说他正在康复，也逐渐适应了平民生活。如果他是因病痛而厌世，那为何等了这么久才自杀？更令人无法理解的是，他为什么要当着五岁侄子的面自杀？通常来说，自寻短见的人不会特意找个见证者。"

"说得很对，我完全同意。下一种可能性呢？"

"尼尔森之死是一起意外事故。他当时在跑动，可能是看错了方向，也可能是因为别的什么，导致他脚下拌蒜，不慎跌出围墙。但是这也不太可能。房顶的围墙足以挡住尼尔森半个身子，很难想象他从那么高的围墙摔下来纯粹是因为不可抗力。"

"有道理，我为你鼓掌。"

"呃，还有一种可能性——我们毕竟要考虑到方方面面——那就是尼尔森原本试图把他的小侄子推下房顶，没想到肯尼斯死命挣扎，又踢又打，结果反倒让尼尔森摔了下去。可这也不符合事实，因为当艾格妮丝赶到房顶时，肯尼斯身上干干净净，完全没有打斗的痕迹，也没见他消耗体力，所以我们不得不提出最后一种可能性。"

"什么可能性？"

"妈，我一开始就提过。我们也不愿意相信，竭力反驳，但在事实面前我们无话可说。那个五岁的小男孩一定是精神失常，你现在也知道，案发前就出现了征兆。局里的精神病学家说他遇到过十几例儿童产生精神错乱、人格分裂和忧郁症的病例，这起案件想必也属于同一类型。他父亲的离世，他孤独的生活，他对母亲的依赖，他叔叔的突然到来，种种事情打乱了他的日常生活——这一切必然使他缺乏安全感，使他内心感到十分痛苦，最后导致他的精神彻底崩溃。

"案发前，肯尼斯的古怪行为就已经很清楚地告诉我们他脑子里在想什么。由于某些特殊变故——其实也没什么特殊的——他叔叔就像亡父的竞争对手般突然出现在他面前，试图取代他父亲的位置，所以小肯尼斯必须为了父亲阻止这种情况发生。他不得不除掉这个贸然闯入自己家的叔叔，消除使他不愉快的因素，确保母亲依然属于他和他父亲。

"他当然不会像成年人那样行事，只是凭借孩子的本能，就跟小顽童偷东西、撒谎、踢保姆一样。但是，他确实改变了对他叔叔的态度，假装和他有了感情，假装对他产生了英雄崇拜。然后，当他完全赢得叔叔的信任时，他便为那重大时刻做好了准备。这就为我们展现了一个十分有趣的心理现象：小肯尼斯想成为他父亲。于是他以典型的儿童逻辑采取行动，开始偷来他父亲的东西：制服、斗篷、徽章等，将它们藏起来或压在枕头底下，好让自己拥有他父亲那样的勇气和力量。到了昨天上午，这个孩子彻底入魔，下意识地认为自己已经完全变成了他父亲。

"这就是为什么，他昨天登上房顶前看上去那么坚定，他当时下定决心了。到了房顶，他先是傻乎乎地跟叔叔玩了一会儿——这小屁孩的狡猾真让人惊叹！然后，他找了个借口叫叔叔把身子探出围墙。虽然尼尔森是成年人，但他此刻由于患病身体虚弱，而且体重也轻，肯尼斯只须悄悄来到他身后，托起他，使出吃奶的劲猛地一推，尼尔森便会发出惨叫，像倒栽葱般重摔在地，肯尼斯哪见过这等惨状，自己也惊呆了。

"妈，这就是案发经过。你还可以从另一个角度来推断，就是尼尔森临终前的那句话：'为什么？肯尼斯，为什么？'为什么尼尔森茫然不解？因为他也没想到小侄子会对他下毒手。"

"这就是你对本案的结论吗?"

我郑重地点点头："恐怕是这样，妈。"

老妈一时陷入沉默。她的注意力似乎不在我们的对话和饭桌上，像是在出神地思考。这可有点不寻常。以前每逢周五晚上我前来看望她，跟她聊起我正在办的案子的时候，她一向会表现出质疑、轻蔑的态度。我一说完，她就会接连提出不少晦涩难懂的问题和意味深长的暗示，还会讽刺我头脑迟钝，最后再津津有味地根据她日常与精于算计的屠夫、爱管闲事的邻居和自私自利的亲戚打交道的经验，替我分析案情，提出一个完整、合乎逻辑、无法拒绝的破案方法。因此，老妈此时紧锁双眉，沉默不语，倒让我挺诧异。

半晌后，老妈那种焦虑不安的神态消失了，她仰起头来，眼里是藏不住的笑意，声音听起来一如既往的洪亮："小肯尼斯很害怕，他该害怕！想想看，有些人真把孩子吓坏了，纽约市全体警员——一大群吃白饭的大人现在随时都可以到他们家去。面对一具尸体，他们所能想到的就是把一切怪罪于一个五岁的小孩!"

我顿时感觉自尊心受到了伤害。

"妈，我已经把事情经过都跟你讲了。那你觉得该怪罪谁呢?"

"你先回答我三个简单的问题,然后我就告诉你。"

我叹了口气。老妈所谓的"简单的问题"我领教过,一般来说,这些问题听起来确实很"简单",但却会让我比听之前困惑十倍。

"妈,那你问吧。"我说。

"第一个问题,"她竖起食指说,"这个叫肯尼斯的小男孩是不是经常参加比赛?他是不是那种爱运动的孩子?"

"哦,我明白你为什么问这个,"我答道,"你想知道他是否体格健壮,身手敏捷,足以把他的叔叔推出围墙。怎么说呢,答案证明不了什么。那孩子不怎么参加体育活动,因为他没什么朋友,左邻右舍的孩子碰巧都比他大,他年龄太小,没法跟他们一起玩耍——事实上,这很可能是他腼腆害羞的原因之一。但是另一方面,比起别的五岁小孩,他又高大不少,体魄强健,精力充沛,而他叔叔呢,我刚才也指出过,病恹恹的,虚弱不堪——"

"好了,好了,这我知道,"老妈不耐烦地打断我的话,"现在是第二个问题,"她这回竖起两根手指,"小肯尼斯平时喜欢看什么书?"

"书?"

"书,书籍,就是你上学的时候偶尔打开来看的玩意儿,天晓得你居然选择了警察这种高危职业,自然就不怎么需要翻书了。你说小肯尼斯腼腆害羞,大部分时间都是孤独一人,这样的孩子一般都喜欢阅读。"

"我不知道这个问题有何意义，不过你说得对。那孩子非常爱看书，卧室里净是书，大都是些漫画，超人、蝙蝠侠、太空旅行之类的。他小小年纪，还看不懂更好更深奥的书。"

"好，很好，"老妈点点头，"第三个问题，也是最重要的问题。"她目不转睛地盯着我看了一会儿，"按你的说法，昨天尼尔森出事时，已是接近中午时分。我一上午都在肉市，因为一块羊排与人起了点小纠纷，和屠夫佩瑞曼争执了很久，所以没怎么留意外面的天气。请告诉我，当时是晴空万里，还是乌云蔽日？"

我傻傻盯着她。

"这就是最重要的问题？妈，这到底有什么意义？"

"甭管什么意义，你只须给我一个答案。"

"昨天上午阳光灿烂，可以说是今年夏季来临后最热的一天。但我不明白——"

"你是不明白，"老妈说，"可我明白。"接着她点点头，又吃起饭来。

片刻后，我清清嗓子，问道："妈，你明白什么了？"

"我全明白了。真相果然符合我的猜测，符合我一开始就得出的结论。"

"你的意思是，那个小男孩与本案无关？"

"谁说的？关系大着呢。"

我的大惑不解让老妈很是享受，她叹了口气，摇了摇头，

"戴维啊戴维，难道你和凶案组一直没意识到自己犯的错误吗？你们一直在讨论小男孩对母亲的依恋，对叔叔的嫉妒，对父亲的憧憬，他偷东西，发脾气——这种思路倒是很聪明，但这些并不是那个小男孩真正所想的，只是你们这帮大人对孩子一厢情愿的个人猜测罢了！"

"那你知道那孩子的小脑袋瓜里到底在想什么吗？"

"我为什么不能？这么多年来，这间公寓里不是一直有个小男孩在我眼前晃吗？他那个小脑袋瓜真叫我伤透了脑筋，但是相信我，我猜得出那小脑袋瓜在想什么，你和雪莉将来也会猜出你们宝贝儿子的心思，只要你们暂时别阅读那些愚蠢的心理学书籍——算了，我不勉强，咱们再说回这件案子。面对一个五岁小孩，你最应该记住的一点是，他仅仅只有五岁，刚在这世间过了五个年头，其中一半的时间都在学习怎样说话。

"所以你怎么能指望这样一个小屁孩用五年时间尝透人生百态、世间冷暖呢？他怎么理解什么是真实，什么是虚幻？如果你把手指头伸进烛火，就会被烧伤，可当你把手指头放在阳光下，又会觉得暖和，如果不亲身尝试，他怎么可能发现这其中的差别？爸爸回家后，你可以搂住他的脖子，亲吻他的面颊。但是，电视机里的俊男靓女呢，你怎么就做不到上述的事？睡觉前，妈妈会给你讲一个童话故事，但你此前又听爸爸谈起报纸上的儿童绑架案，那么这其中哪些是真实的？哪些只是消遣？哪些你应该害怕？哪件事真实发生过？

这个世界上有什么事情是不会发生的吗？

"就拿我那个小弟弟，你的马克斯叔叔来说吧。当年我们来到美国时，他只有七岁。那时他只记得听人说过美国有歹徒。可什么是歹徒呢？一个歹徒年龄多大？他长得和其他人一样吗？对于七岁的马克斯来说，任何一个长得比他高大、冲他大喊大叫和殴打他的人都可能是歹徒。他的运气也实在不好，我们落脚的第一个社区在迪兰西街附近，结果他遇到了两个不太友善的十岁男孩。有一天马克斯问他俩：'萨米，什么是歹徒？查理，你是歹徒吗？'于是萨米和查理心照不宣地相互眨了眨眼，厉声说：'其实我们俩就是一对歹徒。我们是全纽约最坏的歹徒。我们兜里就有好几把大枪，我们要毙了你！'

"可怜的小马克斯会相信他们的话吗？他当然相信。那段时间他一直提心吊胆，每当有警察经过，他都捂着脸不敢求助。他被吓得寝食难安，不愿走出家门。那两个孩子真是坏透了，又对他说他们会在半夜闯进他家宰了他，结果他一夜没合眼，躺在床上瑟瑟发抖。听到房门咯吱咯吱响，他还差点从窗户跳出去。我跟你说，要是那扇窗户当时开得再大点，我弟弟马克斯，你的马克斯叔叔，早就不在人世了。"

"妈，这可太荒谬了！"我插嘴道，"你难不成想说，小肯尼斯让他叔叔相信他是个歹徒，他一个五岁小孩把一个成年人吓得从房顶上跳下去吗？"

"我当然不是这个意思！"老妈严肃地挺直身子，"我想说的是，小孩们是那么年幼无知，无条件地信任他人，愿意相信你告诉他们的任何事。他们就像客厅桌子上摆放的精致瓷器，他们是那样的脆弱，而世上的其他人却都那么强大，那么圆滑，有时还残忍无情，几乎可以用无数种方式将自己击得粉碎。"

"我还是不大理解——"

"总而言之，戴维，如果你想摆脱一个碍你的事或者和你不对付的五岁小孩，你无须冒着被捕的风险害他。你完全可以用更聪明的方式。你可以略施小计，告诉他一些信息，吓唬他、迷惑他，让他做出疯狂的举动，最终他自己就会闯出大祸，甚至丢掉性命！"

这番话着实让我大吃一惊，我不知道该怎样理解。我觉得老妈话中有话，但又听不太懂。

"戴维，我指的，"老妈说，"就是小肯尼斯偷拿东西的行为。如今所有人都大谈特谈精神病学，你遇到的每个人都认为自己是下一个西格蒙得·弗洛伊德[1]！如果有人干了一些我们无法理解的事，他们就会说，'哈，这是精神病！这是恋父情结！这是红外线辐射敏感综合征！'可是有的时候，事情明明非常简单，只要你肯稍微动一动脑筋，就能看清真相。

"上一周，在尼尔森意外死亡之前，小肯尼斯一直在偷他父亲的东西，于是你理所当然地下结论，认为他想代替父亲，

---

[1] 西格蒙得·弗洛伊德(1856—1939)，奥地利精神病医师、心理学家、精神分析学派创始人。

除掉他的叔叔。可你忽略了一点，小肯尼斯只偷一些特定的物品。他扯开储藏室里的纸箱，翻出他父亲的那件斗篷，却没碰其他书籍文件。他去顶楼的仓库寻找父亲的空军制服，却不在意其他衣物。他打开首饰盒，却只拿了他父亲的勋章，没动袖扣、戒指。总之，他只偷他父亲的某些特殊物品，你不觉得这很耐人寻味吗？他父亲的制服、勋章和徽章——他只拿与父亲的空军飞行员身份有关的物品。"

"对，确实是这样，可这又能说明什么呢？此外，"我补了一句，"他还偷了那件斗篷啊！那件黑斗篷跟空军有什么关系？"

"戴维，那件斗篷是最关键的答案。的确，这个小男孩对他父亲在空军服役时用过的东西很感兴趣，但也偷了父亲当年表演歌剧时穿的斗篷。他一而再、再而三地偷取那件斗篷，他是那么渴望拥有那件斗篷！那件斗篷为何会那么重要？我突然想到一个主意，才问了你那个问题：小肯尼斯喜欢看什么书？答案正如我所料：漫画。是哪种类型的漫画呢？牛仔？侦探？海盗寻宝？都不是。这个小家伙喜欢看超人、蝙蝠侠这些超级英雄。超人和蝙蝠侠，当他们在空中飞行时，他们会穿什么？他们身后随风飘摆的是什么？"

"一件又长又大的斗篷！"我脱口而出，总算明白了一切。

"还能是什么？这根本不是什么复杂的难题，对不对？答案就像一碗法式清汤那样清澈。小肯尼斯的小脑袋瓜里只是有一个普通、正常、孩子气的念头，不少孩子都有过这种念头，因此每年都会发生或大或小的意外。没错，小肯尼斯想要在空中飞翔！"

"没错，"我激动得差点喘不过气来，"我早该想到这一点！我记得我当年也干过类似的事，六岁那年的夏天，我和另外两个孩子爬上丹恩叔叔后院那棵大树，还好我们在最后一刻畏缩了。"

"这我倒是从来没听说过！"老妈瞪了我一眼，然后耸耸肩，又接着说，"对小肯尼斯来说，这是再正常不过的事。他父亲是空军飞行员，家里常聊的话题自然是飞行。在小肯尼斯眼里，他父亲是英雄，而他自己却是个没什么朋友的孩子，一个明明活泼健康但因为年纪太小，无法跟邻居的大孩子一起玩的倒霉蛋。也许他们笑话过他，说他是个矮子，叫他滚开，他没资格与他们为伍。这对小肯尼斯来说绝对是一种难以忍受的折磨，所以他就想找个机会展示一下自己的本领，好让他们觉得是自己看走眼了，他人虽小，但做的事能让人惊掉下巴，这样一来他们就会欢迎他加入，除此之外，小肯尼斯还能有什么别的想法？

"就像你说的那样，昨天上午是个重大时刻。他当时义无反顾地登上房顶，并非是想杀人，而是因为他终于可以穿上那件斗篷，也许他还穿上了父亲的空军制服，戴上了他的勋章。这就是他不吃早餐，也不喝水的缘故，因为他想让自己尽可能轻盈——"

"妈，我明白了。随后，肯尼斯爬上围墙，尼尔森意识到会出事，连忙去阻止那孩子。他猛冲过去，结果肯尼斯一躲闪，尼尔森反而失去平衡，不幸从房顶上栽了下去！"

"差不多，"老妈说，"你说的并不完全对。你忘了最重要的细节。这个小男孩有一个疯狂的想法，他对自己说：'我能飞，我要到房顶上试试看。'但是小肯尼斯的这种奇想并非是突发的，而是在一周前渐渐酝酿起来的。他偷父亲的制服，是因为他以为不穿上它就飞不起来，他想让自己有那股神奇的力量。他偷父亲的勋章，把它藏在枕头底下，就跟小孩子在枕头底下藏颗牙睡觉一样——这样他就能实现自己的愿望——像父亲一样在空中飞翔。他偷父亲表演歌剧时穿的斗篷，是想把它当作翅膀。这孩子是真聪明，也是真走火入魔。对我来说，这只能说明一点：小肯尼斯的奇思异想并非来自他本人。

"当然，他确实准备实现这一想法，这一点我承认。他孤独，充满幻想，心目中的英雄是他那当空军飞行员的父亲。戴维，你刚才说这件案子归根到底源于那孩子对他父亲的感情，这一点你和凶案组倒是说对了，但你们没意识到是某人在幕后利用了这种感情。偷制服，穿斗篷，把勋章压在枕头底下，这些小花招会引起一个孩子的兴趣，但绝不会是一个五岁小孩自己想到的。有人在——"

"可这个人是谁呢？艾格妮丝·费舍尔吗？我不敢相信。她只是一个糊涂的漂亮女人，她的确爱自己的儿子。也许是其中一个仆人？是那个在案发前突然辞职的厨娘吗？"

老妈轻哼一声："愚蠢！如今这世道，厨娘来来去去已是稀松平常的事。那个厨娘要是一直赖着不走，反倒是个奇迹。戴维，答案并不复杂。咱们这样分析：重大时刻终于到来，小肯尼斯即将在空中自由飞翔。他有点紧张，他没吃早餐，他迈着像罪犯上电椅时的步伐一样缓缓上楼，在房顶上足足待了两个小时，始终无法鼓足勇气。而那个让孩子有这种想法的人，在确定小肯尼斯是否真的准备往下跳之前也不敢离开，因此他继续撺掇孩子，'其实这很简单。瞧，我给你做个示范。我爬上墙后，会像鸟儿展翅那样摆动双臂。不过我飞不起来，因为我太大太沉了——'"

"等一下，妈！你莫非认为是尼尔森·费舍尔在幕后指使他的小侄子干这种蠢事？"

"还会有谁？有谁会表现得那么奇怪，明明是个大人却不去跟他的同龄人打交道，反而花时间与一个五岁小孩为伴？又有谁因病被迫结束飞行员生涯，目前正陷入窘境？又有谁会这样想，'我这个嫂子已经对我有意思，只要再把那个碍事的小鬼除掉，她和她的房产钱财就都属于我啦'。还有谁会在孩子最初的嫉妒消失后，对他施加重大影响？谁会让小肯尼斯崇拜并相信他所说的一切？尤其是在飞行这方面，尼尔森叔叔不是和他父亲一样曾经也是空军飞行员吗？最后也是最重要的一点，是谁在那天上午跟着小肯尼斯一起登上房顶？还是尼尔森，只有尼尔森。他爬上墙，摆动双臂，嘴里嚷着，'瞧，肯尼斯，这多容易啊！你还犹豫什么呢？你还在怕什么呢？为什么？肯尼斯，为什么？'然后他就摔了下去。"

老妈绘声绘色的讲解让我怔住了。我沉默良久，然后开口道："可当时究竟是怎么回事？尼尔森怎么就突然失去平衡，从围墙上摔了下去呢？"

老妈皱起眉头："这的确是个问题，刚才也困扰着我，但我突然有了想法，所以才问你当时天气怎么样。你说当时天气晴朗，阳光灿烂，是个炎热的上午。于是我把自己想象成那个心术不正的尼尔森。我当时非常兴奋，想着自己马上就能达成目标，即将大功告成。可我是个得过疟疾的病人，有时还会因为后遗症而头昏眼花。我爬上那道窄墙，那栋房子有四层楼高，我面朝下，想看看自己离地面有多远。火辣刺眼的阳光照射着我，我一边摆动双臂，一边冲孩子叫嚷，眼前的景象随即模糊摇晃起来，我的老毛病又犯了。天哪！我摔下去了——我在飞——"

老妈面色凝重，声音渐渐变小。

片刻后，我实在忍不住大笑起来："妈，你不知道我有多感谢你！一个五岁的杀人犯——我们难受了一整天。这下凶案组的小伙子们可以放心了！"

"那位母亲也能松一口气了。"老妈低声说。

我看着老妈，心想，不妨跟她开个小玩笑。

"可是妈，你还是没有证明你的主要观点，"我装作一本正经的样子，"你依然无法证明有孩子是件好事，也无法证明小孩子并不都是小恶魔。"

老妈猛地抬起头来。

"谁说的？我没证明吗？难道我没指出小肯尼斯就是个天真可爱且机灵的孩子吗？"

"妈，你说得对。可是尼尔森呢？他也曾是某人的孩子啊。"

"尼尔森？"老妈瞪着我，一时无语，然后用非常严肃的语气说，"尼尔森证明不了什么，他就是个畜生！你这话什么意思，你是想用尼尔森来跟我辩论吗？"

"妈，我也想不清楚。"我故作姿态地耸耸肩，"我和雪莉必须好好考虑生孩子的事。我们当然愿意有个像肯尼斯那样的孩子。可万一那孩子长大之后变成尼尔森，我们该怎么办？这确实是个问题！"

"这根本就不是问题！"老妈使劲摇头，"你是我的儿子，不该说这种话！戴维，我要求你，别对孩子有偏见。无论是儿子女儿还是孙子孙女，他们都是天底下最可爱的人。有时我认为他们是这世间唯一的美好。"

接下来发生了一件令我始料未及的事。只见老妈两眼湿润，嘴角发颤。

我惊愕地看着她。

老妈流下一滴眼泪。

我顿时觉得羞愧难当。

"妈，你别哭！"我说，"我只是开个玩笑而已。"

老妈立刻恢复冷静，站起身，止住泪水。

"我也是!"

她哼了一声,然后就跺着脚,气呼呼地去端内斯尔罗德什锦果脯派了。

妈妈想要许个愿

通常，我和妻子雪莉每周五晚上会在布朗克斯与老妈共进晚餐。这对我来说是最方便的时间，因为周六我正好休息。但每年都有一个特殊的日子，即使不是周五我们也会欢聚一堂——12月18号，那天是她老人家的生日。

当晚还有一个惯例会被打破，老妈可以当个甩手掌柜。雪莉负责做饭，我负责洗碗，而她则坐在安乐椅上放松地看电视或和她的老友煲电话粥。当然，就算在放松的时候，她的嘴也闲不下来。她一直对雪莉的厨艺抱有深深的怀疑。

"你是从哪学会做饭的？"老妈刨根问底，"现在这些娇生惯养的小姑娘啊，煮个鸡蛋就觉得自己是厨艺大师了。"当雪莉解释自己在韦尔斯利上过家政课时，老妈重重哼了一声。

"又是韦尔斯利！你说说，韦尔斯利的鱼丸冻能有多好吃！"

而对于我的洗碗水平，老妈实在想不出更低的评价，只能举手哀叹，"一日走霉运，年年不顺心！"

但我和雪莉都是倔脾气，老妈再怎么抗议也没用，生日聚会通常还是会愉快结束。

去年的聚会多了一位特殊来客。我邀请了米尔纳探长。米尔纳探长是我的上司，也是凶案组内最适合老妈的单身汉。他今年五十来岁，又高又瘦，头发浅灰，下巴方正有棱，眼神中带着迷人的忧郁，很能吸引同年龄段那些充满母性的女人。这段时间里，我和雪莉一直尝试着为老妈和米尔纳探长暗牵红线。

老妈很高兴见到他。她轻拍他的后背，拿出压箱底的警察笑话调侃，而他则羞怯地回以微笑，享受这份独属于二人的尴尬。饭吃到一半，老妈突然用锐利的目光扫了他一眼。

"你为什么不把鸡腿吃完？"她说，"这只鸡可好吃了，而且这是打包回来的，经济实惠。你在担心什么？是不是有心事？"

米尔纳探长勉强笑了笑。

"你还是像往常一样可以洞察人心，"他说，"是的，我确实有心事。还是让戴维来讲吧。"

"妈，我们正在处理一件新案子，"我说，"一件令人郁闷的案子。"

"你们有疑惑？"老妈把头往前一伸。她一直对我经办的案件有着浓厚的兴趣，而更神奇的是她那总能先我一步（其实是许多步）破解谜案的惊人天赋。

"没什么好疑惑的，"我回答，"就是一起谋杀案，我们知道是谁干的了，大概这周就能实施逮捕。"

米尔纳探长长叹一声。

"来吧，来吧，"老妈格外高兴，"敞开心扉，说给我听听。"

我吸了口气，坐直身子，开始叙述：

"首先，你得了解一位大学教授，现在是前教授了。他名叫帕特南，今年五十多岁，和女儿琼一起住在华盛顿广场附近的一间三室小公寓里。十年前，他在市中心的一所大学教授英国文学，是公认的智者。没承想之后他的妻子去世，他似乎失去了活下去的意义。他会在自己的房间里坐很长时间，一直盯着天花板。他开始出现上课迟到的情况，过了一段时间就再也不来了。他不再审阅学生们的论文，也不参加研究生的讨论会。他被院长警告过很多次，不过鉴于过去的良好记录和他的人生悲剧，人们还是对他予以极大的宽容。但两年后，学院终于忍无可忍，院长告诉他，他被解雇了。"

"你说他有一个女儿，"老妈问，"她当时几岁？"

"才十七岁，"我答道，"刚开始大学生活，但父亲丢掉工作后，她不得不退学。而且由于帕特南教授无法自食其力，她认为自己有义务赡养父亲。她学会了打字和速记，在一家律师事务所当起了秘书，并且表现出色。他们的生活并不奢侈，日子就这么一天一天地过着。"

"那位老人呢?"老妈问,"他再也没有振作起来吗?"

又一声长叹,米尔纳探长接过了话题,"恐怕是越活越糟。失业后不久他就开始酗酒。每周两次——周一和周四晚上——他会在吃完晚餐后离开公寓,直到午夜才回来,浑身散发着威士忌的气味,醉得几乎走不动。琼·帕特南总是等着他回来,然后再把他挪到床上。过去这十年,她也曾多次尝试帮他改掉这个坏习惯,但从未成功。因为除了一周两次的狂欢外,他还会把威士忌藏在家里,每隔一段时间,琼就会在家中发现满满一大瓶廉价酒,即使扔掉,他也总能想到新的藏匿处"。

"这还不是最糟的,"我打断他的话,"当初帕特南教授被解聘时和院长结了梁子。达克沃斯院长和他年纪相当——这两个人年轻时就一起在学院里任教,是相识多年的老友。达克沃斯院长对他下了逐客令后,帕特南教授大闹了一番,其他教职工至今仍记得那场面。他指责院长是因嫉妒而强迫他离职,是为了毁掉他的职业生涯,还对他妻子的离世负有责任——类似的话说了一大堆。他威胁称总有一天会进行报复。十年来,帕特南教授毫不掩饰自己对达克沃斯院长的憎恨。很不巧,最近有件事激化了两人之间的矛盾。"

"我应该猜得出是什么,"老妈说,"达克沃斯院长有一个年轻的单身儿子,对不对?"

"太神奇了,"米尔纳探长喃喃低语,"真希望这么聪明的脑袋能用来查案。"

"就实际情况而言，"老妈回答，"已经用上了。"

"呃，我们继续吧，"我迅速插话——米尔纳探长并不知道老妈曾出力帮助我解决过无数棘手的案件，"妈，你说得完全正确。达克沃斯院长的儿子特德是那所大学的讲师。他刚过而立之年，尚未结婚。几个月前，他和琼·帕特南订婚了。达克沃斯院长对此甚是满意，但帕特南却大发雷霆。他告诉女儿，他绝不会让她嫁给那个毁掉自己一生之人的儿子，也不会让他踏进家门半步。一周前的某个晚上，他冲进达克沃斯院长家中——达克沃斯在华盛顿广场附近有一栋两层楼的房子——在满屋子客人面前大吵大闹。他嚷嚷着说，达克沃斯院长夺走了他的事业，夺走了他的妻子，夺走了他的尊严，现在又想夺走他在这个世界上仅存的一切——他的女儿。他告诉院长，他要为此杀了他。'这不是谋杀，'他说，'而是审判。'结果他的女儿琼告诉特德·达克沃斯，她必须推迟婚礼，直到父亲想通。"

"他永远不会想通的，"雪莉插话，"这种情况其实很常见，他只是将罪恶感转嫁到第三方身上，以此正当化自己对女儿的病态的依赖心理——"

"很常见，"每当雪莉运用她在韦尔斯利学到的心理学知识，老妈的声音中总是流露出那种锋芒，"这对饱受困扰的人来说真是莫大的帮助，你只要告诉他们这很常见就行了。"

"无论怎样，妈，你肯定能猜到接下来发生了什么，"我继续说，"上周一晚餐后，帕特南教授像往常一样离开公寓醉酒狂欢去了。琼也像往常一样等着他回来。但他并没有像往常一样在午夜归来，而是直到凌晨一点半才回家，当然也是步履蹒跚，满身威士忌的气味。与此同时，在华盛顿广场区域巡逻的一名警员发现了达克沃斯院长的尸体。他倒在离家约一个街区的人行道上，被残忍地殴打致死，凶器就在尸体旁边——一个破碎的威士忌酒瓶。

"我们奔波了一上午。我们从他妻儿那里得知，他是在凌晨零点三十分左右离开家，去地铁站买最新的报纸，但我们并没有在他身上发现报纸，卖报人也不记得见过他，所以他肯定是在半路上遇见了凶手。对了，达克沃斯夫人和特德整晚都在一起，等着他回来，所以他们能互相提供不在场证明。我们很快就知道了他和帕特南教授的恩怨。早晨六点，我们敲开了帕特南教授家的门，询问他昨晚的行踪。"

"可怜的家伙，"米尔纳探长摇了摇头，"他整个人意识模糊，余醉未消，睡眼惺忪。他女儿费了半天劲才叫醒他。当我们把达克沃斯院长的死讯告诉他时，他惊愕地瞪了我们好一会儿，似乎不理解我们在说什么。然后他哭了起来，开始诉说他和达克沃斯一同为理想投身教育事业的过往。而他女儿，那个可怜的孩子，一直惊恐地来回盯着我们和她父亲，因为她知道接下来会发生什么。"

"妈，他那副样子很吓人，"回忆起当时的情景，我不禁打了个冷战，"最终我们不得不打断他，直截了当地要求他说明昨晚干了什么，谁知道，他拒绝了。"

老妈眯起眼睛。

"他拒绝了？是因为喝得太多想不起来吗？"

"他就是拒绝了。他甚至没有辩称自己不记得了。他只是说他不会告诉我们。我们警告他，他的嫌疑很大。他女儿也恳求他，她说他不必因为在某处酗酒而羞愧，大家都知道他这个习惯，但他还是拒绝说明。唉，妈，我们还能怎么办？虽然还没有正式提出指控，但我们已经把他带回了总部审讯。"

老妈会意地点点头。

"刑讯逼供。"

"不，没有刑讯逼供，"我有些气恼。尽管对此心知肚明，但老妈总喜欢假装以为警局仍在使用百年前的方法，以此捉弄我，"我们绝对没有用刑，但我们确实对他进行了全方位盘问，断断续续超过十二小时。"

"我们也是不得已而为之，"米尔纳探长有点不好意思，"通常凶手在刚犯完案后会提心吊胆，我们越早抓到他们对其施压，他们就越容易坦白。请不要觉得我很享受这种事，"他赶忙辩解，"那位可怜的老人——他真的老态尽显，尽管实际上他和我差不多年龄——苍天可鉴，我绝对没有乐在其中。"

老妈的声音和脸色立马变得温柔起来。

"你当然没有，"她对米尔纳探长说，"要是我有这方面的暗示，那可真是太蠢了。"

"问题是，"我说，"帕特南教授拒不认罪。他坚称自己没有杀人，也不告诉我们案发时他在哪里。我们目前掌握的证据不足以拘留他，只好放他回家和女儿团聚。"

米尔纳探长面颊微红。

"我感觉帕特南的女儿有很重要的信息想告诉我们，"他叹息道，"唉，当警察的已经习惯了。"

"我们确信帕特南有罪，"我说，"所以我们的下一步是准备寻找目击证人，锁定他昨晚喝酒的地点。这并不难。当一个男人出去买醉——即便是像帕特南那样独饮——肯定也有人会注意到他。我们拿着帕特南的照片问遍了附近的酒吧。最终，我们在离达克沃斯家三个街区的一家酒吧取得了突破。酒保兼店主哈利·斯隆想起了帕特南。过去这些年，帕特南会不时光顾他这里。而在案发当晚，他也见到了帕特南。当时是凌晨零点四十五分左右，哈利和他妻子正准备打烊——他们的顾客一般是大学生，由于现在正好是假期，他们打算趁此机会在午夜后提早关门。谁知帕特南突然跑来敲门，动静闹得不小，他们开门告诉他本店已经打烊了，但他坚持要喝一杯，还朝他们挥舞钞票。哈利心想，不妨就满足他，这样更容易把他打发走，于是他让帕特南进了酒吧。哈利和他妻子看着老人喝了将近半瓶波旁威士忌，直到凌晨一点十五分才把他撵出去。他们说，他看起来不只是为了消遣，似乎他真的有心事。斯隆夫人则说，他看起来像是在害怕什么。"

"这并不能证明他是凶手。"

"的确不能。但综合所有线索，这就是强而有力的证据。

首先，他有动机。其次，他有时间。时间点对得上：达克沃斯在零点三十分离开家去买报纸，在路上——无论是偶然还是有意——他遇见了帕特南。帕特南当时拿着酒瓶，用它殴打了达克沃斯，时间大概是零点四十五分。之后帕特南惶惶不安，跑到最近的酒吧拼命想要喝上一杯。他在一点十五分离开酒吧，最终于一点半到家，这点他女儿可以作证。最后，他的种种行为完全契合这个推论，他急于去斯隆的酒吧麻痹自己，他拒绝告诉我们他那晚的行踪。妈，案情一目了然。"

米尔纳探长忧伤地附和。

"几乎可以盖棺论定了。我们想不出别的解释。"

长久沉默之后，老妈哼了一声。

"其实还有一种解释，"她如是说，"正确的解释。"

我们纷纷抬起头盯着老妈。我数不清这是她第几次对我说这种话，但每次她的解释都能让我大吃一惊！

"妈，真的假的，"雪莉第一个出声，"你不可能还有别的解释。"

"妈，别开玩笑了。"我说。

"不可能，不可能，"米尔纳探长摇着脑袋说，"我也希望——可怜的老家伙——但这不可能。"

"让我们拭目以待吧，"老妈说，"不过，我要先问三个简单的问题。"

我的心顿时绷紧。老妈的"简单的问题"总是会把事情搞得更加复杂混乱——直到她亲自阐明这些问题究竟有多简单且与案件密切关联。

"那就问吧。"我谨慎地回答。

"问题一：请提供一点关于达克庞德①院长的信息。他对帕特南教授酗酒一事有何看法？赞同还是反对？"

我一直担心她的问题毫无意义，果然不出所料，但我还是像往常一样耐心地回答。

"他完全不赞同。达克沃斯院长是一名禁酒主义者——他发起了一场禁止学生饮酒的运动，还试图制定禁酒的校规。他曾对妻儿说，帕特南沉迷酒精证明他道德感薄弱，证明十年前解聘他的决定无比正确。"

老妈露出满意的笑容。

"很好，"她继续说道，"问题二：你们在总部拷问完帕特南教授，送他回家见女儿之后，帕特南教授做了什么？"

"他做了什么？"

"现在是我在问。"

这似乎又是一个无意义的问题，但我很沉得住气。

"妈，我们还真知道他做了什么。为了防止帕特南潜逃，我们安排了一名警员在公寓里监视。他就当着女儿和监视人的面躺在沙发上睡着了。第二天早上他醒来吃早餐，橙汁、吐司和咖啡，加了两块糖。这算重要线索吗？"

老妈无视我的讽刺，依旧笑容满面。

---

① 达克庞德：此处为老妈的口误，应为达克沃斯。——译者注

"只要你肯动脑，这就是一条线索。最后一个问题：案发当晚，附近有没有电影院正在放映《乱世佳人》①?"

这就太过分了。

"妈，你能不能认真点！这是在调查谋杀案，不是开玩笑!"雪莉和米尔纳探长同样疑惑地表达了自己的意见。

"谁开玩笑了?"老妈淡淡地回应，"我要的答案呢?"

"虽然我不知道这和本案有何关联，"米尔纳探长恭敬地回答，"但事实上，附近的洛威影院确实正在放映《乱世佳人》，我记得第一次去帕特南教授家的时候曾路过那里。"

"正如我所料，"老妈满意地点点头，"现在可以结案了。"

"妈，你的问题很有趣，"雪莉的声音极尽甜美，"但是戴维和米尔纳探长已经结案了。他们知道凶手是谁，已经准备去逮捕他了。"

"无论我们是否愿意。"米尔纳探长喃喃自语。

然而老妈满意的表情丝毫未改。她只是转向米尔纳探长，眼里多了一丝温柔。

"也许你会愿意的。"她如是说，"因为帕特南教授并不是凶手。"

我们再一次盯着她。

米尔纳探长缓慢地眨了眨眼，半信半疑。

"你——你真的能证明吗?"

---

①《乱世佳人》：该电影是由维克多·弗莱明执导,克拉克·盖博,费雯·丽等主演的爱情片,于1939年12月15日在美国上映。该片改编自小说《飘》。

"易如反掌。"老妈两手一摊。

"他和我那爱抱怨的表姐米莉一模一样。"

"你的表姐米莉——?"米尔纳探长又开始动摇了。

"她一直喜欢埋天怨地，"老妈点点头，"那个女人从未停止抱怨，总是抱怨着她的健康问题。她心力衰竭，她腿脚不便，她腰酸背痛，她消化不良，她头疼脑裂。她的身体从来没有完好无损过，一年一个花样。她一生未婚，她可怜的哥哥莫里斯为了照顾她和她住在一起，也不曾结婚。假如他看上一个姑娘，米莉表姐的各种病痛就会接踵而来，比以往更甚。有一天她爬到椅子上想拿橱柜里的奶酪蛋糕，不慎失足跌落，脑袋磕到地板上，因脑震荡而死。医生检查完尸体，告诉莫里斯表哥，除去头上的肿块，这绝对是他见过的最健康的尸体。可是那时候可怜的莫里斯已经五十七岁，挺着个大肚子还秃顶，没有女人看得上他了。"

老妈的话到此为止，我们陷入了沉思。

最终雪莉开口。

"妈，我看不出两者之间的联系。"

"联系，"老妈说，"就在你眼皮底下。最早让我发现端倪的是频率。"

"什么频率?"

"帕特南教授酗酒的频率。你们告诉我，他是个酒鬼，总是在周一和周四的晚上，总是在相同的时间，总是在晚餐后外出，就连回家也是在相同的时间，午夜时分，一身酒气，踉踉跄跄。我当时就觉得很奇怪，一个嗜酒之人的行动轨迹居然会如此有规律，仿佛一个安排好行程的商人。当一个人醉酒时——何况这位教授还是独自喝酒——他是不会仔细留意时间的，大概率连表都看不清。除此之外，他酗酒的时间——每周一和周四，晚餐后至午夜——让我想起一些事。这让我想起电影院的排片表。在周一和周四，电影院会改为连放两场电影，从晚餐后到午夜前。"

"妈，"我忍不住打断，"你的意思是——？"

"安静，"老妈说，"你从一开始就被蒙在鼓里，现在就老实听我把话说完。帕特南教授酗酒的频率让我有了个猜想，所以我问了你下一个问题：他在警局接受了超过十二小时的审讯，之后回家干了什么？他回到家，睡觉，醒来，吃早餐。他居然一杯酒都没喝！他甚至没要求喝酒！假如他真的酗酒，在被人拷问了十二个小时后，他难道就没想过喝一杯？不好意思，这完全不合常理。所以我的猜想得到了证实——"

"他根本就不是酒鬼！"米尔纳探长惊奇地说。

"绝对不是，"老妈说，"也许他压根就不喜欢喝酒。他只是假装自己酗酒。十年来，他会在每周一和周四晚上去附近的电影院，一直待到放映结束。然后他会自己买一瓶威士忌，弄湿衣领和双手，再摇摇晃晃地回到家，接受女儿的照顾。另外，你们注意到没有，他在家中藏的威士忌酒瓶始终满满当当，他女儿从未发现空的或还剩半瓶酒的酒瓶。还有一点，他还特意说自己是独自饮酒，一个酒友都不认识。"

"可这是为什么呢?"我问,"为什么他这么多年来一直骗着自己的女儿?"

"他和爱抱怨的表姐米莉有相同的理由,"老妈笑着说,"这位教授失去了他的工作,失去了他的尊严,失去了对生活的掌控,只有他的女儿愿意照顾他,他也很乐意让女儿照顾他。但他总是担心女儿某一天会出嫁,终究还是要离开他。除了自身的诸多毛病,他还需要别的东西来捆绑女儿,所以他将自己伪装成一个酒鬼。一个心地善良的女儿,怎么会狠心撇下可怜的酒鬼父亲不管呢?这一招果然有效。可怜的琼就像我那可怜的莫里斯表哥。只不过这次还不算太晚。"

我们沉默许久,脑海中浮现出一个失意消沉的老人,用计谋狡猾地拴住女儿的画面。

"他觉得自己愧对女儿,"米尔纳探长说,"他宁愿受到谋杀指控,也不愿承认自己骗了女儿整整十年。"

"不对,"雪莉突然说,"妈,你说他是在周一和周四晚上去看电影,所以总是到午夜才回家,这符合放映两场电影的时间。但案发当晚他直到凌晨一点半才回家,这不恰好证明他看完电影之后有充足的时间作案?"

老妈大笑起来。

"你忽略了我的最后一个问题。当时电影院正在放映《乱世佳人》——这只能说明我的想法是正确的。《乱世佳人》可比两部普通电影还要长一个小时。"

雪莉坐回椅子,看起来挺受打击。

"好了，"老妈说，"主菜算是吃完了。有人去端饭后甜点吗？既然你们今晚不让我干活——"

"妈，我去。"我起身走向厨房，但雪莉的声音让我停下了脚步。

"等一下！"雪莉微笑着看向母亲，"你还没有解答所有疑惑。我们只知道帕特南教授当时没有喝醉，这并不能告诉我们谁是凶手。"

"是吗？"老妈狡黠地笑了笑，"真相已经很清楚了。我们现在知道一个事实，帕特南教授不喝酒。那么请问，他会在哈利·斯隆的酒吧打烊前闹着要闯进去，还喝掉半瓶波旁威士忌吗？还有，斯隆夫妇会在最近几年看见他光顾酒吧吗？"

我和米尔纳探长猛然看向彼此，探长的脸上露出冷峻坚毅的神色。

"斯隆和他妻子撒了谎？"探长问。

"还有别的可能性吗？是斯隆杀害了达克沃斯院长。动机你自己说过了，院长强烈反对饮酒，正试图制定禁酒的校规。这意味着大学生们为了不被院长抓到，只能去远离学院的酒吧喝酒。而你刚才说过，斯隆的顾客都是大学生，院长这种行为无疑是在砸他的饭碗——这在如今是个相当有说服力的动机。即便如此，我觉得他一开始其实没有杀人的想法。他应该是周一晚上在街上碰见了去买报的院长。斯隆当时可能喝了点酒，拿着酒瓶。他拦下院长，想跟他争论校规的问题，两人话不投机，他突然动了手，一切都无法挽回了。然后他回去告诉妻子——"

"然后是第二天晚上，"我叹了口气，"我们的到来给了他一个机会。我们拿着帕特南的照片，告诉他帕特南没有案发时的不在场证明，所以斯隆和他妻子认为拿他当替罪羊会很安全。"

"而且他们可能已经逃之夭夭了，"米尔纳探长沉着脸，"如果不是因为……"他既羞愧又钦佩，渐渐说不出话。

我和雪莉意味深长地对视一眼。

不久之后，米尔纳探长起身，通知总部逮捕斯隆夫妇。我则走进厨房，将雪莉制作的蛋糕上的蜡烛点着。一共三根蜡烛——一根代表老妈的真实年龄，一根代表她宣称的年龄，剩下一根代表幸运。然后我端着蛋糕走了出来，和大家一起唱着"祝你生日快乐"，老妈像少女一样羞红了脸。

我把蛋糕放在她面前，和雪莉一起大声催她许愿吹蜡烛，但她却犹豫地看了看米尔纳探长。

"你还是有些难过。"她说。

"抱歉，"他抬起头笑道，"我只是不禁想起那个可怜的老人。他的女儿会知道真相，会离他而去，会结婚。他孤身一人又该如何是好？"

米尔纳探长的声音里带着一丝紧迫感，而老妈的反应很奇怪。她完全没有理会他的问题，自信满满地说："老？谁老了？"

紧接着，她似乎意识到自己说得太直接，赶忙面向蛋糕。

"先许愿，再吹蜡烛。"她紧紧地闭上眼睛，嘴唇无声地动了一会儿，然后睁开眼，俯向蛋糕，吹灭了蜡烛。

无论老妈许了什么愿，她都不会说的——至少那一晚没说。

妈妈唱起咏叹调①

老妈这辈子最大的遗憾就是我始终没能展露音乐才华。有那么些年，当我还是个小屁孩的时候，老妈会让我去上小提琴课。第一年年末，我演奏了一首名叫《萧萧木叶》的曲子，第二年年末，我仍在演奏《萧萧木叶》。可怜的老妈只好承认我成不了下一个亚莎·海菲兹②，我的音乐生涯就此终结。

老妈本人一直痴迷音乐。她年轻时也曾大展歌喉，如果坚持走这条路说不定早已功成名就——但她后来结了婚，搬到了布朗克斯，全身心投入到对未来的纽约市罪犯克星的培养之中。不过她依然会按时收听每周六下午大都会歌剧院的

---

① 咏叹调：aria，即抒情调，是一种配有伴奏的一个声部或几个声部以优美的旋律表现出演唱者感情的曲子。
② 亚莎·海菲兹：Jascha·Heifetz，二十世纪杰出的美籍立陶宛裔小提琴家。——译者注

广播，听到熟悉的咏叹调，她还能跟着哼唱。前些天晚上，我和妻子雪莉去了布朗克斯聚餐，我知道老妈会对我最近的这件案子感兴趣。

"妈，你是个音乐爱好者，"我说，"也许你能理解，为什么一个男人会如此热爱音乐，以至于为此杀人。"

"这很难理解吗？"老妈的目光从她的烤鸡上移开，"你知道我当年不再让你上小提琴课还有别的原因吗？有一次你演奏时，我碰巧看了你的老师斯坦伯格夫人一眼，她一副巴不得杀了你的表情！我一看就知道。"

"妈，你说的不是字面上的意思吧？"雪莉说，"一个女人怎么可能因为小男孩小提琴拉得差就真的想杀了他。"

"人类的许多情感在你们大学的心理学课本上是找不到的，"老妈说，"别不信，以我的家族为例——我的姑妈戈尔蒂认为窗外的鸽子是她死去的老公杰克——"

老妈讲得很详细，她的故事引人入胜。当她的注意力回到烤鸡上，我总算能说回案件。

"妈，你见过大都会歌剧院外排队买站票的队伍吧？"我说，"每场演出开始的半小时前，售票处会以每张两美元五十美分的价格出售站票，先到先得。歌剧迷会提前数小时在歌剧院外排队。他们在外面站三个小时，只是为了能在里面站三个小时！这群人真是疯了！"

"没有音乐细胞的人，"老妈说，"没资格急着说别人是疯子。"她瞪了我一眼，搞得我感觉自己就像一个淘气的五岁小孩。

我移开视线，继续往下讲，"怎么说呢，有些人每晚都会出现在队伍中，观看整个演出季的每一场演出。这些'常客'总是排在队伍最前列——他们来得比别人早，等得比别人久，一进去就占下中间最好的位置。而且由于常年如此，彼此之间已经混熟了，他们会把演员的八卦当消遣，讨论演出打发时间。可以说，他们已经形成了一个排外的小型社交俱乐部——只不过聚会地点不是俱乐部会所，而是大都会歌剧院前的人行道。不管怎么说，这群老顽固是最人畜无害的团体——他们是地球上最不可能行凶犯案的人！"

"每个歌剧迷都有自己的生活，"老妈说，"他沉浸在美妙的音乐里——但回到家，仍有工作或爱情或家庭上的烦恼在等着他。"

"妈，你说得很对。如果这群常客中的某个人回家杀了他的妻子或岳母或同事，这件案子也没什么特别。但事实是，他杀了同样排队买站票的人。"

老妈眯起眼睛看着我——想必我已勾起了她的兴趣。

"他们是队伍中年龄最大的人，"我说，"也都是俱乐部的元老，分别叫山姆·科恩和朱塞佩·德安吉罗。科恩曾经是一名药剂师，在西八十三街开了一家药店。十五年前，妻子去世后，他开始了退休生活，将药店交给侄子打理，不过他还住在药店楼上。退休之后，他几乎每晚都要去歌剧院。

"德安吉罗在皇后区做除害业务——主要是杀死一些有害

的昆虫、啮齿类动物等，他也在十五年前退休了。他妻子还健在，但对歌剧毫无兴趣，所以他只能独自前往歌剧院——和科恩一样，整个演出季他几乎每晚都去。

"两位老人十五年前在排队队伍中相遇，从那以后，他们每周会有三四个晚上能见到彼此——但仅限于歌剧院。据我们所知，他们从未一起喝过酒或吃过饭，他们从未去过对方家，在歌剧院暂停演出的夏季也从未见面。

"歌剧是两人一生中最重要的东西。科恩的母亲曾在德国当声乐指导，他本人对咏叹调了如指掌——德安吉罗在帕尔马出生长大，那可是意大利歌剧氛围最浓厚的城市——"

"我以前读过关于帕尔马的文章，"老妈说，"在那座城市，如果一个男高音唱跑一个调，人们就会把他轰出城。"

"真可怕！"雪莉评价道，"这太野蛮了！"

老妈耸耸肩。

"假如纽约能少点文明人，我们说不定就不会听到那么多蹩脚的歌声。"

我看得出雪莉有些愤慨——她一直无法领会老妈特有的幽默。我赶紧继续往下说，"呃，两位老人都非常热爱歌剧，但他们对歌剧的观点截然相反，所以十五年来一直争吵不休。假如科恩喜欢某位女高音，德安吉罗绝不会支持她。假如德安吉罗提起他听卡鲁索[1]在 1920 年唱过《阿依达》，科恩就会

---

① 卡鲁索：Enrico Caruso，世界著名的意大利男高音歌唱家。——译者注

说卡鲁索在1917年以后就再没唱过《阿依达》①。

"而且两位老人并不是像绅士那样温和地辩论。他们互相大吼大叫，挥拳舞臂，骂着各种脏话。'骗子'和'白痴'已经是我能想到的最文明的词汇。当然了，不管他们吵得多凶，他们之间的争论始终不会持续多久——一般在当天晚上就会冰释前嫌，顶多持续到下次演出前——"

"一直到现在都这样？"老妈问。

"妈，这我后面会讲到，你先多了解一下背景。根据其他常客的描述，近些年科恩和德安吉罗之间的冲突比以往更激烈。全世界歌剧迷热议的一个话题加剧了他们的矛盾。谁是当世最伟大的女高音——玛丽亚·卡拉斯②还是丽娜塔·苔巴尔迪③?"

老妈放下餐叉，双手抱在胸前，脸上现出为音乐痴迷的少女般的狂热神情。

"卡拉斯！苔巴尔迪！她们俩的歌声宛如天籁！卡拉斯，热情似火！苔巴尔迪，哀婉动人！在她们之间选出最伟大的一位——就和在面汤与罗宋汤之间做选择一样愚蠢！"

"但是，科恩和德安吉罗有各自的选择，"我说，"德安吉罗某天宣称苔巴尔迪的嗓子不同凡响，而卡拉斯的声音像公鸡，科恩立刻反驳称卡拉斯的歌喉是天赐的，苔巴尔迪的声

---

①《阿依达》:Aida，意大利作曲家朱塞佩·威尔第创作的歌剧，世界十大歌剧之一。——译者注
② 玛丽亚·卡拉斯:Maria Callas，美国著名女高音歌唱家。——译者注
③ 丽娜塔·苔巴尔迪:Renata Tebaldi，意大利著名女高音歌唱家。——译者注

音则像一张有裂纹的唱片。这几年他们之间的争论越发激烈。

"一周前，这种争论达到了顶点。彼时卡拉斯正在唱《茶花女》，排队的人比以往来得更早。当然，科恩和德安吉罗依然是最早的一批。科恩当时得了重感冒——他排队时一直打喷嚏——但他说除非自己被双侧肺炎击倒，否则他不会错过卡拉斯的《茶花女》。而德安吉罗则声称如果不用听卡拉斯糟蹋《茶花女》，他的余生会过得更快乐——他那晚会在场，纯粹是因为男高音理查·塔克①。"

"那个理查·塔克，"老妈露出最慈祥的微笑，"真是个了不起的孩子——在歌剧院就跟在教堂一样自在。他肯定有一位引以为豪的母亲！"老妈看了我一眼，看来还是对我那一曲《萧萧木叶》耿耿于怀。

"他们排练了很长时间，"我说，"这足以让科恩和德安吉罗挑起一场大战。据霍克施文德夫人说——她是德国人，过去是音乐会钢琴演奏家，现在教钢琴，也是队伍中的老熟人——她认识他们这么多年，从来没见过他们骂得这么凶。要是售票处晚营业一小时，他们没准就打起来了。

"事实证明，这场演出并没有终结他们的冲突。平日里，一旦演出开始，他们就会忘掉彼此之间的恩怨，沉浸在音乐的世界里——但这一回，第一幕结束后，科恩抓住德安吉罗的胳膊，指责他在卡拉斯唱咏叹调时故意发出呻吟。'你这样

---

① 理查·塔克：Richard Tucker，美国历史上最伟大的男高音之一。——译者注

做是为了毁掉我的夜晚！'科恩没有理会德安吉罗的辩解，'我会回敬你一个！'他说，'等下次苔巴尔迪演出的时候！'"

"所以下次苔巴尔迪演出时，"老妈说，"就是谋杀案发生的那一晚？"

"没错，三天前苔巴尔迪唱了《托斯卡》①。"

"托斯卡！"老妈喜形于色，"多么美丽的歌剧！多么凄惨的故事！女主角爱上了一位年轻英俊的画家，而反派逼迫她出卖身体，结果她用匕首刺死了反派，然后跳楼自尽。我想起来了，这部歌剧里的反派是个警察。"

我仔细瞧了瞧，但我从老妈的脸上看不出任何讽刺的意味。

"这些歌剧的情节真可笑，不是吗？"雪莉说，"过于夸张，不切实际。"

"不切实际！"老妈突然转向她，"你要知道，不切实际的事多得很——就在这栋楼里。看门的波利切克不就一直监视着他家的保姆？"

老妈又讲了一个令人着迷的故事，然后我继续说："总而言之，在《托斯卡》开演前的整个周末，德安吉罗一直担心科恩会毁掉他期盼的演出。演出前一晚，他甚至打电话恳求科恩不要捣乱。"

"科恩是怎么回答的？"

---

①《托斯卡》:*Tosca*，意大利作曲家普契尼创作的歌剧，世界十大歌剧之一。——译者注

"电话打来时，他侄子和他在一起。他侄子是去核对账簿的，没注意到叔叔回了什么——但他听到科恩高声怒吼，'你休想说服我！等苔巴尔迪唱到 High C，我就喝倒彩！'"

老妈摇摇头。

"可怕，来自一个文明人的可怕威胁！这么说德安吉罗对科恩无可奈何了？"

"呃，是也不是。德安吉罗说，在通话前半段，他们各自朝对方怒吼，都没听清对方在说什么。但通话后半段——这只是德安吉罗的一面之词——科恩冷静下来，承诺自己会让苔巴尔迪好好唱完咏叹调。"

"科恩的侄子说他没有听到？"

"不完全是。他离开时科恩还在打电话——他要去检查收银机的收据——所以没听到完整的对话。他只知道科恩可能确实冷静下来做出了承诺。"

"德安吉罗那边怎么说？当时有人跟他在一起吗？"

"他妻子在，而且她发誓科恩做出了承诺。但她毕竟是他的妻子，当然有可能袒护他。还有，她耳背得厉害，却不戴助听器——她是那种高傲的老妇人。所以归根到底，除了德安吉罗，没有人能证明科恩承诺不会在演出时捣乱。"

"接下来，"老妈说，"就是苔巴尔迪演唱《托斯卡》的那一晚？"

"那天晚上，科恩和德安吉罗都早早出现在排队等候的队伍中。霍克施文德夫人说，他们互相礼貌地打了声招呼，但之后就一句话也没交流。没有争论，没有分歧，什么也没有。她的证词得到了在场的另一位常客——菲比·范·沃里斯夫人的证实，一位七十多岁的老太太，总是穿一身黑色衣服。

"沃里斯夫人出身于纽约一个富有的家族，她年轻时在歌剧院有一个固定包厢，但十一二年前她的财产耗尽，现在独自住在东二十区的一家廉价酒店里。她每周会来歌剧院排队两次，即便她看起来弱不禁风，旁人甚至都无法想象她能站五分钟，更别提五个小时了——但她热爱歌剧，所以她做到了。"

"因为爱，"老妈说，"人们可以创造奇迹。"

"沃里斯夫人和霍克施文德夫人都说科恩和德安吉罗彼此异常地克制。这似乎说明他们仍旧互相怨恨，而不是像德安吉罗宣称的那样在电话里和解了——"

"也许事实恰恰相反，"老妈插话，"他们确实和解了，只是害怕再引起另一场争论，所以两人默契地闭上嘴，不再发表任何观点。"

"妈，无论事实如何，都改变不了之后发生的事。排队的常客们有一个习惯，在寒冷的夜晚，其中一人需要去一个街区外的自助餐厅给其他人买热咖啡，与此同时其他人会替他占位子。苔巴尔迪演唱《托斯卡》的那一晚恰好很冷，恰好轮到德安吉罗去买咖啡。

"他在售票开始约四十五分钟前去买咖啡，十五到二十分钟后归来。他带回四个纸杯，其中三杯加了奶油和糖——给霍克施文德夫人、沃里斯夫人和德安吉罗自己。第四杯是没加糖的黑咖啡——通常是给科恩的。

"他们用身体挡着风，快速喝完咖啡。大约半小时后售票处开始营业，他们买了票，走进歌剧院，照例一起站在后排中间的位置。

"八点整，演出开始。苔巴尔迪歌声优美，观众也无比热情。第一幕结束后，所有买站票的常客都对她称赞不已——除了科恩，他只是咕哝一声，什么也没说。霍克施文德夫人和沃里斯夫人都说他看起来脸色苍白，小有不适。

"'等着听她在第二幕唱咏叹调吧。'德安吉罗说。'我希望她能唱好。'科恩如此回应。霍克施文德夫人声称他的语气绝对有威胁的成分，沃里斯夫人则说她没注意到他的语气有什么特殊，在她看来那就是随口说的一句话。然后第二幕开始，马上就要到苔巴尔迪唱咏叹调了——"

"美妙动人的咏叹调！"老妈感叹道，"*Vissi D'arte*①，这是意大利语。她在告诉那个卑鄙的警察，她一生奉献给了爱情和艺术，她从未伤害任何生灵，还经常帮助贫苦无依之人。不久之后她就刺杀了他。"老妈开始用低沉、略带颤音，但非常动听的嗓音半哼半唱——"*Vissi d'arte，vissi d'amore*"——她突然打住，出现了极其罕见的反应。

她满脸通红。

---

① *Vissi D'arte*：这首脍炙人口的咏叹调的中译名为《为了艺术，为了爱情》。——译者注

此时无声胜有声，我和雪莉小心翼翼克制着不看对方。然后我若无其事地说："就在苔巴尔迪开始唱咏叹调前几分钟，科恩突然呻吟起来，他抓住霍克施文德夫人的手臂说，'我生病了——'随后发出了窒息般的声音，像铅块一样重重地摔在地上。

"马上就有人去叫医生，德安吉罗跪在科恩身边说，'科恩，科恩，你怎么了？'科恩死死盯着德安吉罗的脸说，'你这个畜生！为你的所作所为付出代价吧！'妈，这是他的原话，有好几个人听到了。

"紧接着，医生来了，身后还跟着几名引座员，他们把科恩抬到大厅，德安吉罗、霍克施文德夫人和沃里斯夫人紧随其后。过了一会儿，救护车也到了，但科恩在送医途中不幸身亡。

"一开始医生认为是心脏病发作，但他们做了例行尸检，在他的胃里发现了毒药，这毒药足以杀死年龄只有他一半、身体比他强壮一倍的年轻人。他服下的剂量需要两三个小时才会发作——这意味着他是在排队买票时被人投的毒。不巧的是，除了那杯黑咖啡，没有人见他喝过别的东西。"

"医生在他的胃里都发现了什么？"

"他们发现了午餐残留物，里面不可能含有毒药，否则他在去歌剧院之前早就死了，除此之外就只有咖啡，所以肯定是那杯咖啡毒死了他。"

"而且由于是德安吉罗给了他那杯咖啡，你理所当然地认为他就是凶手。"

"妈，这案子还有别的可能吗？从他去自助餐厅买咖啡到他返回歌剧院递给科恩，在这十五分钟到二十分钟的时间里，德安吉罗一个人去买咖啡，没有人盯着他，他可以轻而易举地往咖啡里投毒，其他人根本没有这种机会。科恩从德安吉罗手中接过咖啡，转过身挡着寒风，将其一饮而尽。这期间只有德安吉罗有机会投毒。"

"自助餐厅里泡咖啡的那个人呢？"

"妈，这不合理。自助餐厅的员工不可能知道谁会喝那杯咖啡，除非他是个神经病，觉得杀谁都无所谓。当然，我们也调查过他。他当时是直接拿一个咖啡壶往杯子里倒——其他二十个人也是喝了壶里的咖啡。还有一堆目击者看着他直接把纸杯递给德安吉罗，没有放任何东西——连糖也没放，因为科恩从来不加糖。所以我们绕了一圈又回到原点——德安吉罗，他一定是凶手。"

"那他是从哪里搞到毒药的？也许是我孤陋寡闻，但这种危险的东西不可能是在附近的超市里买到的。"

"的确，公开出售致命毒药是违法的，但大家都没想到获取原材料有多简单。杀死科恩的毒药是一种常见的商用化合物——用于混合颜料、冶金、制作某些药品和杀虫剂。普通的老鼠药有时也会添加这类物品，在当地的五金店里就能买到这种药物——纽约市每年都会发生数十起儿童误食老鼠药的事故。别忘了，德安吉罗曾经是除害专家——他知道各种毒物的来源，比大多数人更容易获取毒药。"

"所以你以谋杀罪逮捕了他？"老妈说。

"没，"我叹了口气，"我们暂时还没有。"

"怎么了？是什么阻碍了你？"

"妈，问题出在动机上。除去都在歌剧院前排队，德安吉罗和科恩没有任何交集。科恩没有借德安吉罗钱，并未和德安吉罗的妻子有染，也不知道德安吉罗过去的黑历史。所以，德安吉罗要杀他只有一个理由——阻止他在丽娜塔·苔巴尔迪唱咏叹调时喝倒彩。这就是他犯罪的动机，反正我是这么认为的，我们组内的其他警员是这么认为的，检察官也是这么认为的——但他们不让我们实施逮捕。"

"为何不可？"

"因为没有人相信这个动机能说服陪审团。陪审团是由一群普通人组成的，他们没去过歌剧院，只会觉得这很荒谬，是胡说八道。这就好比对着别人用外语大喊大叫，你急得上蹿下跳，对方却无动于衷。我理解他们——我自己也这么认为。你可以想象一下，检察官站在陪审团面前说：'被告人对歌剧演员的嗓音太着迷了，他因被害人不同意他的观点而毒杀了他。'陪审团会当面嘲笑检察官的。"

我的叹气声更重了。

"我们明明遇到一件十拿九稳的案子，一个绝佳的机会摆在眼前，没有其他可能的嫌疑人，被害人临死前还发出了指控——'你这个畜生！为你的所作所为付出代价吧！'但我们却不敢将凶手绳之以法。"

老妈一言不发。她的双眼几乎合上，嘴角也垂了下来。我很熟悉这个表情——这表明她正在"思考"。她总能想出个所以然来。

最终，她睁开眼点了点头。

"感谢陪审团！"

"妈，你这是什么意思？"

"我的意思是，要不是那些有常识的普通人，天知道你们这帮'专家'会把哪个冤大头抓进监狱。"

"妈，你是说德安吉罗没有——"

"我什么也没说，暂时还没有。我要先提问，四个问题。"

毫无疑问，只要老妈开始提问题，那就意味着她已掌握线索，正准备帮我解决又一起案件。

和往常一样，我的内心五味杂陈。一方面，没有人比我更钦佩老妈——她从布朗克斯的邻居和朋友那里获得了对人性的深刻了解；她不可思议的敏锐直觉能迅速破解我时不时告诉她的案件。另一方面，怎么说呢，当一个人发现他的本职工作干得还不如自家老母亲时，他能有多高兴？这就是为什么我从未与凶案组内的其他同事谈论老妈的破案天赋——当然，我的顶头上司，米尔纳探长除外。但那也只是因为他是一个老光棍，我和雪莉正试着撮合他和老妈。

所以我猜我回答时并没有应有的热情。

"好吧，你的问题是什么？"

"先尝尝我的桃子派。"老妈说。

我们默默吃完盘子里的食物，老妈又端上了新的点心。房间里顿时充满了老妈做的桃子派散发的香气。尝了一口，我的热情又回来了。

"妈，你的问题是什么？"

她竖起手指。

"第一：你刚才提到科恩一周前得了重感冒，也就是卡拉斯演唱《茶花女》的那一晚。三天前苔巴尔迪演出时，他是否还在感冒？"

我现在已经习惯了老妈千奇百怪的问题，应当相信它们并不像听起来那样风马牛不相及，但我还是无法消除声音中的疑惑。

"实际上，"我说，"案发当晚科恩的感冒还没好。霍克施文德夫人和沃里斯夫人都注意到了——他排队时就会打喷嚏，尽管他一直努力克制着，但演出期间他也打了几次喷嚏。"

老妈不动声色，我看不出这个答案是不是她想要的。她竖起了第二根手指。

"第二：每晚演出结束后，一起排队的常客们是马上分开，还是会先小聚一段时间，最后再互道晚安？"

"通常他们会到一个街区外的自助餐厅——德安吉罗给科恩买咖啡的那家——在那里坐一个小时左右，讨论刚才欣赏的歌剧，边喝咖啡边吃甜甜圈或丹麦糕点。"

老妈点点头，竖起另一根手指。

"第三：你在医院里有没有检查科恩的口袋？你有没有发现像信封一样的东西？一个小信封，里面什么也没装？"

这个问题让我惊讶地跳了起来。

"妈，我们的确发现了一个信封！这个信封被密封过，大小和普通信封一样，没写地址，也没贴邮票。你到底是怎么——"

老妈竖起第四根手指。

"第四：这个演出季，苔巴尔迪还会演唱《托斯卡》几次？"

"案发当晚是苔巴尔迪今年第一次也是最后一次，而且是唯一一次演唱《托斯卡》，"我答道，"歌剧院前的海报是这么写的，但我看不出这和本案有什么——"

"你当然看不出，"老妈说，"这也正常，你和现在的年轻一代一样，只在乎科学、事实。德安吉罗是唯一能接触科恩喝下的那杯咖啡的人，所以肯定是德安吉罗投的毒。这一部分事实你看得很清楚。但是关于人的那部分呢？德安吉罗是谁？科恩是谁？他们是什么样的人？这些你都没问过自己。没准你也不会理解我的朱利叶斯叔叔。"

"抱歉，妈，我从来不知道你还有个叫朱利叶斯的叔叔——"

"他早就去世了。我接下来要说的才是重点。他一生都是纽约洋基队的粉丝。他全力支持他们，把赌注押在他们身上，当他们参加世界大赛①时，他总是去现场观战。直到有一年，他心脏病发作，在世界大赛期间住进了医院。

"'我要在电视上看洋基队的比赛。'他如是说。'你不能再受刺激了，'医生对他说，'否则会没命的。'但是朱利叶斯叔叔固执己见，他还是收看了世界大赛，每天都在看，每天晚上医生都说，'你活不到明天早晨'。朱利叶斯叔叔则回应，'在知道世界大赛的赛果之前，我是不会死的！'天天如此。最终，纽约洋基队问鼎世界大赛冠军，一小时后朱利叶斯叔叔便在睡梦中安详离世。"

老妈的小故事到此为止。她环视我和雪莉，然后摇了摇头，"你们还没听明白吗？一个男人为了心爱之物可以将自己的生死置之度外，他爱的甚至都不是家人——就比如对纽约洋基队或苔巴尔迪的爱——这种感情比个人的担忧或抱负还要强烈。他不会让任何事物打扰他看世界大赛，哪怕是死亡也不可以。他不会让任何事物打扰他欣赏歌剧——哪怕是谋杀也不行"。

我有点明白老妈的意思了。

"妈，你是在说德安吉罗？"

"还能是谁？彼时苔巴尔迪正在演唱今年唯一一场《托斯卡》，而对于德安吉罗来说，苔巴尔迪是当世最伟大的女高音。他绝不会，永远也不会，在听完歌剧之前做出任何破坏

---

① 世界大赛:World Series,是美国职棒大联盟每年10月举行的总冠军赛。——译者注

演出的举动。假设他真的想杀了科恩，他绝不会挑苔巴尔迪演唱《托斯卡》的时候动手，这可是她今年唯一一场。更何况，他完全可以等到歌剧结束后，当常客们在自助餐厅享用咖啡和甜点时——那时他也可以轻松地毒杀科恩。"

"可是妈，从心理学上来说，这会不会有点牵强？假如一个普通人一怒之下想谋杀别人，他是不会在意自己有没有听完歌剧的！"

"不好意思，戴维，我们现在讨论的不是普通人的心理，我们在讨论歌剧迷的心理。这就是为什么你和凶案组还有检察官查不清这件案子的原因。因为你们不理解歌剧迷。他们活在另一个世界里——他们有自己的世界啊。他们脑子里的东西其他人就算做梦也想不到。要想解决这件案子，你必须像歌剧迷一样思考。"

"妈，为了解决这件案子，你要回答一个最基本的问题：如果不是德安吉罗，那到底是谁在咖啡里投了毒？"

"谁跟你说咖啡被投毒了？"

"我刚才说了尸检结果，毒药在两三个小时后发作，而科恩的胃内容物——"

"他的胃内容物！你应该关心的是科恩口袋里的东西！"

"但他的口袋里没什么异常——"

"为什么一个人的口袋里会有密封过的空信封，什么也没写，邮票也没贴？这只能说明他将信封放进口袋时，它还不是空的。信封里装着东西，他预计当天晚上稍后会用到的此物，他最终会从信封里将其拿出来。"

"妈，你到底在说什么？"

"我在说科恩的感冒啊。普通人得了感冒还是会照样去歌剧院，他们不会犹豫不决，打个喷嚏又能怎样？只不过是听音乐而已。但对歌剧迷来说，在演出期间打喷嚏，会吵到别人，影响到歌手，这比重大犯罪还严重。科恩作为真正的歌剧迷，会不惜一切代价控制自己的感冒。

"这就可以解释他前往歌剧院前在信封里放了什么。药，还能是什么？一种新型感冒药，可以使鼻子干燥，可以让他五六个小时内不会打喷嚏。为什么你在口袋里发现的信封是空的？因为在售票处开始营业半小时前，他已经就着热咖啡把药服了下去。"

"妈，根本没有人看到他拿药。"

"为什么非要被人看见？就像你自己解释的那样，为了喝咖啡，他当时转过身挡着风。"

我已经开始动摇，但这时雪莉开口了。每当自以为找到老妈的破绽，她就会用这种甜甜的嗓音。

"妈，看来事实无法支撑你的观点。所有的目击者都说科恩在演出开始后还会打喷嚏。假如他真像你说的那样吃了感冒药，为什么他的症状并没有减轻？"

老妈眼中闪过一道凌厉的光，犹如一头发现猎物的猛兽。唉，雪莉从未吸取教训。

为了缓解气氛，我赶在老妈开口前插话。

"亲爱的，恐怕这恰好证实了老妈的推论。感冒药不起作用，是因为那根本就不是感冒药。它只是表面看起来像感冒药，实则为毒药。"

"我就知道我儿子不笨！"老妈露出满意的微笑，"所以现在答案很简单了，是不是？假如当时科恩的口袋里装着毒药，那他是从哪里得到的？是谁给他的？为什么他会认为那是感冒药？因为有人告诉他是。他认为可以信任的某人——不仅和他私交甚密，而且还是专业人士。他找到那个人说：'给我开一点新药，可以让我在演出期间不打喷嚏——'"

"他的侄子！"我忍不住打断她的话，"天哪，妈，你真是一语惊醒梦中人，科恩的侄子是药剂师——他现在正替科恩打理药店，他能接触到各种毒药，可以将其伪造成感冒药。而且，他是科恩唯一的近亲，他可以继承科恩的药店和遗产。"

老妈摊开双手。

"怎么样，你现在知道了一个更常见、更俗套的动机，和歌剧没有任何关系，任何一名陪审员都能理解。"

"妈，你肯定从一开始就怀疑科恩的侄子，否则不会问关于空信封的问题。"

"我当然怀疑他。他撒了谎。"

"他撒了什么谎？"

"演出前夜，德安吉罗给科恩打电话试图和好。据科恩的侄子说，科恩在电话里威胁德安吉罗：'等苔巴尔迪唱到 High

C，我就喝倒彩！'多可怕的威胁——但科恩绝不会这么说。"

"我不懂他为什么——"

"因为科恩是歌剧迷，这就是原因。High C 是男高音的试金石，是他们的高音极限。当一个男高音唱到 High C 时，所有观众都会激动不已，交口称赞。但对于女高音来说，High C 没什么特别，她们完全可以唱得更高，可以到 High E 甚至 E#。以《托斯卡》的 *Vissi D'arte* 为例，如果一个女高音唱不到 High C 以上，那她绝对是业余爱好者。只有对歌剧一无所知的人——比如科恩的侄子——才会觉得 High C 遥不可及。但是像科恩这样的骨灰级歌剧迷，肯定不会犯这种低级错误。不好意思，我要倒杯咖啡。"

老妈刚挪动脚步，雪莉突然开口。

"等等，妈，假如是他侄子干的，那为什么科恩会指控德安吉罗？"

"科恩什么时候指控过德安吉罗？"

"别忘了他临死前说的话。他看着德安吉罗的脸说：'你这个畜生！为你的所作所为付出代价吧！'"

"他看着德安吉罗的脸，但你怎么知道他看到的是德安吉罗？他当时因为虚弱和痛苦已经精神错乱了，他看到的不是德安吉罗，他没看到这个世界上的任何人，他看到的是歌剧中的世界——对他而言最重要的世界，不然还能是什么？在毒药毒倒他之前，舞台上正在演什么？可恶的警察正在胁迫漂亮的女主角，她正试图保护自己，她很快就会杀死他。而科恩看到那卑鄙无耻的警察在他眼前，所以情不自禁地冲他大吼道：'你这个畜生！为你的所作所为付出代价吧！'"

老妈沉默片刻，然后用低沉的嗓音继续说道："歌剧迷永远是歌剧迷，一直到死都是。"

她走出厨房倒咖啡，我则去给凶案组打电话。

当我走回餐桌时，老妈已经倒好咖啡回来了。她小啜一口，叹了口气，"可怜的老科恩，最终是以这么可怕的方式离开了现实世界！"

"毒发身亡是很痛苦的。"我说。

"毒发身亡！"老妈看向我，"你说得对，这也很可怕。但最可怕的是，那位可怜的老人早死了十五分钟，他终究还是错失了最后一次听 *Vissi D'arte* 的机会。"

老妈轻声哼唱起来。

妈妈和灵异大衣

"我的个人看法是，"老妈说，"貂皮大衣被高估了。我已经穿了很多年，相信我——"

"妈，恕我直言，"我的妻子雪莉说，"我和戴维结婚已经七年了，完全不记得见你穿过貂皮大衣。实际上，你甚至都没有——"

"好吧，我不会和你争论的，"老妈说，"既然你说我从来没有穿过貂皮大衣，既然你说我得了老年健忘症，那你说是就是吧。毕竟，毕业于韦尔斯利学院的人不是我。"老妈又喝了一口面汤，叹了口气，"还不如我自己在家煮的好。"

这个周五之夜非同寻常。老妈厨房里的炉具正在维修，所以她不能在布朗克斯为我和雪莉做晚餐。相反，我们带她来到了时代广场附近的芬格霍餐厅吃饭。

这里既有百老汇的精英，也有上了年纪的中产阶级。老妈仔细打量着其他食客，就像屠夫给她买的肉称重时那样，目光如炬，明察秋毫。而角落里的一对夫妇——一个五十多岁的秃顶矮个男人和一个二十多岁的金发高个女人，那女人身披皮草——引发了老妈对貂皮大衣的评价。

雪莉当然不会对老妈的评价置之不理。在连续挑战老妈七年之后，雪莉仍然不承认对手棋高一着。所以——尽管我也不记得老妈穿过貂皮大衣——我迅速转移话题。"说到貂皮大衣，"我说，"我们上周末遇到一起离奇的谋杀案。"老妈的眼睛亮了起来，没有什么比刑事案件更能让她忘记一时的小摩擦。

"那你不妨讲讲？"她回应。

我顺势开始叙述："涉案人是一对夫妻。女方名叫劳拉·麦克洛斯基，她是阿尔弗雷德·麦克洛斯基医生的妻子。麦克洛斯基医生是那种老派的全科医生，现在已经不多见了。多年来他和妻子住在西区一栋三层楼的褐砂石房子里，是他在二十世纪三十年代买的。上面两层是他们的家，底层是他的诊所。他们的生活过得相当舒适，但也称不上阔气，所以他直到最近才给妻子买了一件貂皮大衣。"

"她已经期待了很久吗？"老妈问。

"据麦克洛斯基医生说，已经有二十四年了，从他们结婚那天算起。她并没有为此向他抱怨——他特意解释过——但每当他们在街上见到穿貂皮大衣的路人，或是听她提起朋友的貂皮大衣，他都能猜到妻子的感受。唉，我从来没见过这种女人，如果不直接表达自己的意愿，她就永远无法实现愿望。"

"这完全是自我防卫，"老妈说，"我也从来没见过这种男人，如果一个女人直接向他要东西，他不会下意识地拒绝。"

"妈，无论如何，几个月前麦克洛斯基夫人过生日，医生终于送了她一件貂皮大衣。这些年他一直在为买大衣攒钱，还申请了一笔银行贷款，但钱还是不够，除非撞大运。就在这时，他的其中一名病患向他推荐了罗莎夫人，一位皮草批发商，有时会售卖极少见的便宜货。麦克洛斯基医生去罗莎夫人那里碰运气，果真买到了一件刚进的貂皮大衣，虽然也不便宜——将近五千美元，但在别处买得花三倍的钱。"

"这笔交易应该合法吧?"

"放心，那件大衣不是违法所得，医生从批发商那里了解过大衣的来历。"

"就是那位罗莎夫人?"

"实际上那件大衣来自一个叫哈利·舒尔茨的男人，他住在新泽西州恩格尔伍德市，他用罗莎夫人的名字当招牌，是为了向一个在大西洋城算命的女人表示敬意，几年前就是她劝他做的皮草生意。他对医生解释说，这件貂皮大衣原本是证券经纪人奥斯卡·坦南鲍姆的遗产，是他送给妻子珍妮特的最后一件礼物。不久前，他投资失败，负债累累，从公园大道一间公寓的露台上跳了下去。

"坦南鲍姆夫人被迫变卖所有家产偿还丈夫的债务。有一场公开拍卖会她也参加了。彼时她已身无分文，可当拍卖到那件大衣时，她还是控制不住，开始不由自主地竞价。其实她一分钱都没有，但拍卖师怎么也无法阻止她出价。当大衣最终被罗莎夫人——舒尔茨——拍下时，坦南鲍姆夫人冲着他尖叫，说他无权穿这件大衣，声称大衣属于她，她永远不会让别的女人穿，然后就昏死过去，应该是中风之类的病导致的，第二天她就咽气了。

"这就是大衣的来历，我们已经核实过，哈利·舒尔茨说的应该都是实话。顺带一提，拍卖行对这件貂皮大衣估价一万五千美元，但他们没有义务告诉我们舒尔茨实际花了多少钱。"

"麦克洛斯基夫人对这件貂皮大衣满意吗？"老妈问。

"起初医生也担心她不满意，毕竟他是自己挑选的，没有征求她的意见，但他希望这份礼物能给她一个惊喜。幸运的是，她很喜欢。她开心得像个小姑娘，先是拥抱丈夫，亲吻他，激动得流下眼泪，然后穿上大衣，对着镜子横照竖看。那一晚她让丈夫带她出去吃晚餐，好炫耀一下这件大衣，尽管当时天气挺暖和的。"

"太看重物质财富了！"雪莉说，"难怪会酿成悲剧。"

老妈转向雪莉。

"要是戴维现在就给你这样一笔物质财富，你愿意冒险吗？"

我赶在雪莉回应前插话。

"麦克洛斯基医生把大衣的来历——关于那场拍卖会和坦南鲍姆夫人的崩溃告诉了妻子，她只是哈哈大笑：'但愿那可怜女人的恐吓不是真的，她可不要从坟墓里爬回来。'不过医生看得出她有点发怵。

"但他没有多想。他的妻子是那种会参加降灵会、关注当日报纸上的每一个星座运势、相信读心术和水晶球的人。结婚二十五年后，麦克洛斯基医生已经不怎么在乎她的迷信。"

服务员前来收走我们的汤碗，端上我们的主菜，所以我不得不停止叙述。芬格霍餐厅的服务员恐怕是全纽约最熟练的话题终结者。

服务员离开后，我再次开口。

"几周后发生了一件奇怪的事。当时麦克洛斯基夫人和医生正准备外出参加晚宴，她让女仆——一个快三十岁的黑人姑娘，名叫贝蕾妮丝·韦伯利把她的貂皮大衣取来。女仆走到卧室的衣柜前，过了一会儿，她喊了起来：'我好像没办法把大衣从衣架上取下来！'麦克洛斯基夫人赶过去帮忙，使劲拽那件大衣。'好像有什么东西把大衣卡住了。'她如是说。最后还是医生猛地一拽才取下了大衣。'一定是大衣的袖子被衣架钩住了。'他说——但是他现在不太确定。当他猛拽大衣时，实际上感觉有一股力量在往回猛拉。紧接着他的妻子说：'那就好，只要不是坦南鲍姆夫人的鬼魂……'她似乎觉得自己说错了话，马上闭了嘴。"

"她是该觉得，"雪莉说，"死去的女人阴魂不散，附在一件貂皮大衣上！我从来没听说过这么荒唐的事。"

"死去的女人有时也能表现得很有生命力，"老妈说，"我外甥乔纳森至今未婚，因为他母亲讨厌现代女性，而他母亲已经去世十八年了。"

"一周后，"我继续说道，"又发生了一件怪事。麦克洛斯基夫人加入了一个文学俱乐部，一群中年妇女每周四会在彼此家里聚会，讨论最新的畅销书。她们中大多数人都比麦克洛斯基夫人有钱，她们的丈夫都是成功的商人或职场人士，不像医生那样带有理想主义。多年以来，她是为数不多从未穿着貂皮大衣去参加讨论会的成员之一。现在她总算有了一件，自然要穿去，在周四下午好好炫耀一番。

"这一次的讨论会在阿隆佐·马蒂诺夫人家中举行，她家位于斯卡斯代尔，她丈夫是有名的外科医生，在公园大道开了一家诊所。麦克洛斯基夫人和马蒂诺夫人总是合不来，也许是因为她们的丈夫都是医生。一看到对方的貂皮大衣，马蒂诺夫人马上说，她很高兴麦克洛斯基医生的诊所最近蒸蒸日上。麦克洛斯基夫人则回答称，她丈夫的诊所一直很红火，只不过她不想像某些人那样吹嘘。

"数小时后，讨论会结束，女士们离开房间，沿房前的路向各自的汽车走去。麦克洛斯基夫人走得稍慢一些，跟在其他人后面，挨着好友哈蒙夫人——一位银行家的妻子。哈蒙夫人答应开车送她回家，但那位老太太上了年纪，走不快了。

"走到半道，麦克洛斯基夫人突然大叫一声，抓住自己的脖子。那天晚上她向丈夫描述说，她的貂皮大衣似乎自动从肩上飞了出去，落在草坪上，开始滑行。"

"她们是不是在讨论会上喝多了？"雪莉问。

"哈蒙夫人从来不喝比茶更烈的东西，她也看到大衣从空中飞过，看到麦克洛斯基夫人追着它跑，将它从草坪上捡起。其他女士没能及时回过头看到这诡异的一幕，所以麦克洛斯基夫人只是哈哈一笑，声称自己被绊了一下，把大衣弄掉了。马蒂诺夫人开玩笑说有钱人也不能随便扔貂皮大衣，这件事就这么过去了。

"但是麦克洛斯基夫人一直惴惴不安。'这件貂皮大衣有点不对劲，'那天晚上她一再对丈夫说，'我能感觉到某种东西的存在——某个恶灵！'无论麦克洛斯基医生怎么努力，都无法使她平静下来，让她相信自己只是在胡思乱想。"

"草坪上发生的事显然是一种幻觉，"雪莉说，"麦克洛斯基夫人潜意识里拒绝并鄙视她天性中以貂皮大衣为象征的物欲的一面。因此，她不知不觉地将其扔在马蒂诺夫人的草坪上，自己都没有意识到。"

"那位哈蒙夫人呢？她也产生了幻觉？"老妈问。

"有个词叫集体催眠。"雪莉回答。

"也许吧，"我说，"但在接下来的两周里，又发生了许多怪事，麦克洛斯基夫人不断向丈夫抱怨。在一家餐厅里，麦克洛斯基夫人试图把大衣放在椅子上，可它总是滑到地上去；她走在街上，大衣突然拉着她往相反的方向走；一天下午，她刚把大衣挂在卧室的衣柜里，就听到它撞击衣柜门的声响。终于，最可怕的事情发生了——"

"请问这道炖肉合您的胃口吗？"服务员再次不合时宜地出现。

"就我个人而言，我喜欢加更多红辣椒，"老妈回答，"除此之外还说得过去。"

服务员耸耸肩走开了，老妈转过身来看着我。

"怎么说？最可怕的事情是什么？"

"某天凌晨两点，医生被妻子惊醒了。据他说，她当时被吓得魂飞魄散，快要歇斯底里了。'它溜出去了，溜出去了！'她不停尖叫，'它溜到玄关去了！'医生看到卧室和衣柜的门都敞开着，于是起床来到玄关。信不信由你，他看到那件貂皮大衣裹在门把手上。尽管玄关那里灯光昏暗，医生还半睡半醒，但他发誓，有那么一瞬间，那件貂皮大衣似乎正试图转动门把手，仿佛想开门下楼，离开这栋房子。他走过去一把抓住大衣，将它从门把手上扯了下来。那一刻，他觉得自己和妻子一样，得了严重的妄想症。"

"他还是认为一切都是自己的想象吗？"老妈问。

"他觉得大衣一开始就不在卧室的衣柜里。那天晚上，他和妻子参加了一场聚会，很晚才回来。麦克洛斯基夫人精疲力竭，脑子有点昏昏沉沉，再加上房子里很热，也许她一进门就把大衣脱了挂在门把手上，却没有意识到自己在做什么，然后直接上床睡觉去了。至于看到大衣从卧室里溜出去，他认为那是妻子做的梦，一个生动的梦，醒来后依然觉得非常真实。"

老妈哼了一声。

"一辈子渴望拥有一件貂皮大衣的女人，会随随便便将宝贵的大衣挂在门把手上？"

"还能怎么解释？"我说，"反正那一晚麦克洛斯基夫人怎么也睡不着了，即使她丈夫把那件貂皮大衣反锁进衣柜。第二天，她下定决心查明真相——究竟是不是坦南鲍姆夫人的鬼魂作祟。"

"这种事要怎么查？"雪莉问。

"直接去问坦南鲍姆夫人呗，还有别的办法吗？"老妈说，"戴维，我说得对吧？"

"完全正确。我刚才说过，麦克洛斯基夫人会参加降灵会，她最敬仰的通灵师是薇薇安夫人，那是一个年逾五十、头发花白的瘦弱寡妇，住在格林威治村一条破旧街道上的小公寓里。丈夫去世十年后，她一直努力靠通灵和占星维生。反诈小组对她很了解，但也从未采取行动，因为她只做小本生意——每位顾客只收五到十美元，仅靠这些收入她差点付不起每个月的房租。而且她似乎对自己的通灵能力深信不疑，当已故之人借她之口说话时，她会和顾客一样大受震撼。

"麦克洛斯基夫人带着貂皮大衣去找薇薇安夫人，但她并非孤身前去，她的老友哈蒙夫人也跟着一起去了。'无论发生什么，'她说，'我想确认这不只是我的想象。'于是薇薇安夫人把大衣放在桌上，关了灯，开始招魂：她双手紧握，翻白眼，呻吟。很快，一个陌生的声音从她嘴里传来，比她原本的声音更低沉：'我是珍妮·坦南鲍姆，你竟敢穿属于我的貂皮大衣！你最好离它远点，否则我会让你永世不得安生，照我说的做！否则我会让你早早进入坟墓！'这就是坦南鲍姆夫人捎来的口信，哈蒙夫人每个字都记得。麦克洛斯基夫人后来向她的丈夫复述了一遍，我们调查时也向薇薇安夫人核实过。"

"薇薇安夫人能听见她招魂时说的话吗？"

"妈，她自始至终完全清醒。她声称从她嘴里传出来的声音似乎属于另一个人。她也不知道那人会说些什么，只是和顾客一样好奇地听着。离开薇薇安夫人家后，麦克洛斯基夫人直接来到丈夫的诊所，表示想处理掉这件大衣。她当然很舍不得，毕竟那件大衣是那么漂亮，但她实在吓坏了，没勇气再留下它。更重要的是，最近一连串的怪事弄得她心烦意乱，连再买一件大衣的想法都没有了。她还说大衣卖掉之后他可以把钱存着，她已经得到了教训，再也不想碰任何高档消费品。麦克洛斯基医生一再劝她别这么做，但她已打定主意。随后她离开诊所，和朋友一起去听爱乐乐团的音乐会，这是那件貂皮大衣最后一次在公共场合出现。"

"然后医生就把大衣卖了？"老妈问。

"妻子走后，麦克洛斯基医生给舒尔茨打了电话，询问原先拍卖那件大衣的拍卖行叫什么。舒尔茨提出按原价买回大衣，但医生决定去拍卖行碰碰运气。他打电话给拍卖行，约好第二天来取大衣。但他们再也没机会了。"

老妈俯身向前，手里的叉子横在空中，完全无视了盘中的烤土豆。看来她闻到了血腥味。世上没有人比老妈更善良，当我还是个小孩的时候，她从来不会打我屁股；但她确实喜欢跌宕起伏的谜案。

"那天晚上，医生和妻子在家里看电视，"我说，"但十一点左右，他接到一位病人的紧急电话，随即驱车前往布鲁克林，留下妻子一人在家。"

"女仆没睡在他们家？"老妈问。

"那个贝蕾妮丝·韦伯利？她自己有一把钥匙，她每天一大早就来做早餐，然后在晚餐结束后离开。说回正题，医生赶到布鲁克林后，发现打电话的人不是他的病人，那只是个恶作剧。他气坏了，又驱车返回。他离开了大约两个小时。回到家，他发现前门没锁，顿时感到不安，因为离家前他清楚地听到了妻子锁门的声音。医生马上进屋呼唤妻子，然而无人应答。他赶忙上楼，发现妻子躺在卧室的床上，四肢摊开。她的衣服被撕坏了，床单也被弄得一塌糊涂。她死了——早在三十到六十分钟之前就死了。麦克洛斯基医生原以为是心脏病发作，但后来尸检报告显示她是窒息而死。有人用一样又大又厚又软的东西紧紧捂住她的脸——也有可能是那件东西自己捂住了她的脸。"

"什么意思？"老妈扬起下巴。

"我们在她的嘴唇上和鼻孔里发现了一些毛发。妈，是貂皮大衣上的毛。至于那件大衣，原先用来装它的盒子就在尸体旁边，上面还贴着罗莎夫人皮草店的标签，盒子里空空如也。看起来麦克洛斯基夫人当时正在收拾，但是大衣却消失了。"

我止住话音，对自己营造的氛围很满意。

最先作出反应的是雪莉。

"戴维，看在老天爷的分上，你们凶案组——一群生活在二十世纪的大老爷们——真的相信那个女人是被一件灵异大衣闷死的?"

"依据法律，"我回答，"凶案组只会逮捕有血有肉的杀人凶手，这也是我们在这起案件中要寻找的。但到目前为止，除去那个鬼魂，我们还找不到任何有动机的人。麦克洛斯基夫人是一位人畜无害的弱小女性，从未与人结仇，婚姻幸福，丈夫也没有别的女人——我们调查过他的私生活。他们所有的财产，包括那栋房子，都在他的名下，他没有继承任何东西，甚至连保险金都没有。他们有一个儿子，早已成家，目前在密歇根当医生，他与父母没有任何矛盾，案发当晚他还在家里睡觉。"

"会不会是入室抢劫?"老妈说，"不是少了一件贵重物品吗?"

"那劫匪一定是脑子出了问题，只拿走了那件大衣，梳妆台上的珠宝首饰却一件也不拿。医生的皮夹当时就放在床头柜上，里面的两百美元也没少。"

"两百美元！医生要那么多现金干什么？"

"他的爱好是收藏一些珍贵的书籍，比如初印本。谋杀案发生的那天下午，他把几本书卖给一位经销商，得到现金时银行已经关门，他只好把现金带回家。总之，杀害他妻子的人不太可能是劫匪。那天晚上十一点，医生前脚刚离开家，他妻子就锁上了门。他发誓说他听见了锁门声，她独自一人在家过夜时都会这么做。可大约两小时后，当他回到家时，门没有锁，也没有闩上，没有任何迹象表明门是被强行打开的，也没有破窗而入的痕迹。也就是说，一定是麦克洛斯基夫人自己给凶手开了门。她是个胆小的人，永远不会让一个陌生人进屋——凶手一定是她认识的人。"

"你刚才不是说她的女仆还有一把钥匙？"雪莉说。

"女仆有不在场证明。她当晚参加了一个舞会，有上百号人盯着她，一直到凌晨两点。此外，她的钥匙无法打开门闩。既然凶手不是劫匪，认识她的人也没有杀人动机，那还剩下谁？只可能是坦南鲍姆夫人的鬼魂索命。"

"不好意思，"老妈说，"那个鬼魂也没有杀人动机吧。麦克洛斯基夫人不是听从了警告吗？她马上就要卖掉那件大衣了，为什么坦南鲍姆夫人的鬼魂非得要她的命？"

我突然觉得精疲力尽。最近这三天，凶案组的那些小伙子——那些没有参与此案的人——一直在开关于鬼魂的玩笑。鬼魂这个话题对我来说已经失去吸引力了。

"妈，我也不知道，"我说，"有人规定鬼魂必须讲道理吗？也许那个鬼魂就是喜欢杀人。也许它不相信麦克洛斯基夫人真的会远离那件大衣。也许……"

老妈皱着眉头，一言不发。这表明她理出了头绪。

"那个鬼魂不相信，她并非真的想……"老妈微微颔首，然后抬起头看着我，脸上露出灿烂的笑容，"有可能，戴维！很有可能！感谢你的提示！"

"什么提示？妈，如果你想到什么——"

"我能想到什么？我也是个胆小怕事的女人，连那件貂皮大衣都没见过。但如果能知道三四个问题的答案，也许我会有所收获。"

"妈，我会尽可能把知道的都告诉你。"

"那好，先把服务员叫过来，点几份苹果卷。"

我示意服务员过来，点了甜点，然后老妈竖起第一根手指。

"第一个问题，麦克洛斯基医生最近是不是卖了不少书？"

"是的，过去三周一共卖了十几本。他还省吃俭用，不抽雪茄、不蒸桑拿。他认为自己必须这么做，否则无法偿还买大衣花掉的那笔银行贷款。"

老妈微微点头，我看不出她对这个答案是否满意。

"第二个问题，哈蒙夫人，就是和医生的妻子一起去找薇薇安夫人的那位，她的眼睛近视到什么程度？"

"很抱歉，妈，她不是近视眼而是远视眼。她看书时得戴老花镜，外出时不戴。"

"她没有近视？你确定吗？那好，第三个问题，那个通灵师薇薇安夫人，她最近是不是变得有钱了？"

这个问题让我愣了一下。

"妈，我不知道你是怎么猜到的，但她最近的确手头变得宽裕。我们对与本案有关的人进行了调查，前几天我们的人报告说，薇薇安夫人去梅西百货买了一张新沙发，用的还是现金。考虑到她生活拮据，我们马上询问她钱是从哪里来的，她声称是她多年省下来的。我们无法证明她在说谎，只能推测是她又钓到一个出手阔绰的冤大头。"

老妈点点头。

"好，最后是第四个问题，医生的妻子是不是总记不住别人的名字？"

"妈，这是什么问题——"

"是我在问还是你在问？"

"好吧，好吧。麦克洛斯基夫人确实有这个毛病，糊涂、健忘。这是她的丈夫告诉我们的，有时她连最熟悉的朋友也会叫错名字，弄得他很尴尬。不过他并没有因此责备她，他深爱着她。"

"是啊，"老妈说，"他爱她，她也爱他……这就是本案的关键所在，也可以解释所谓的鬼魂。太好了——我们的甜点来了。"

老妈不再谈谋杀案，只见她尝了尝苹果卷，皱了皱眉头。

"肉桂放少了。"

"妈，你在说什么？如何解释闹鬼一事？"

老妈微微一笑。

"我有和你说过多丽丝伯母的事吗？人人都说她是全美国最笨的女人。"

"我才知道我还有个多丽丝伯母。"

"她已经去世了，可怜的女人。她嫁给你父亲的长兄索尔，搬到了好莱坞。你伯父是电影界的大人物，一个才华横溢的人。他爱看书，案头放着俄国作家写的鸿篇巨制。他爱听交响乐，不是在音乐会上打瞌睡，而是真的去欣赏音乐。大家都认为他娶了多丽丝这种傻女人实在遗憾。她曾经在芝加哥的马歇尔百货公司当售货员，没有完成高中学业，看不懂严谨的著作，每次开口不是说错字就是读错音。据说最糟糕的是，她无法准时到达任何地点。无论是去剧院看戏，还是到别人家赴宴，索尔和多丽丝总是会迟到，她总是道歉，因为她忘了约定的时间，要不然就是动身前才发现自己穿错了衣服。可怜的索尔，每个人都同情他，居然有这么愚蠢的妻子，真是丢脸！后来——"

"妈，"雪莉忍不住插了一句，"你说的这些和那件貂皮大衣有关系吗？"

"后来你伯母去世了，"老妈甚至都没看雪莉一眼，"她突然病倒，一个月后与世长辞，年仅五十一岁。真是不幸！索尔非常难过，很长一段时间不愿出门。等到他终于又开始参加社交活动——赴晚宴、看戏等等，大家惊讶地发现，无论约好去哪里，索尔总是会迟到。为了等他，大家的饭菜都快凉了，和多丽丝去世前没什么差别。很快人们就意识到真相：不按时赴约、不为他人着想的是索尔。这么多年，她总装作是自己的错，让别人将一切归咎于她的愚蠢，因为她深爱丈夫，她只想维护他，不想让别人知道他的缺点。"

"可是妈，我看不出这能说明什么——"

"这说明，即使是愚蠢的人也可以爱一个人，而且会想方设法帮助对方。即使是一个愚蠢虚荣的女人，她对丈夫的关心也会胜过对貂皮大衣的喜爱。在作出牺牲这方面，聪明人并不享有专利。服务员，麻烦再续一点咖啡，你们这回应该会加热吧？"

咖啡来了，老妈抿了一口，"这回温度正好，"她继续说道，"怎么样，答案是不是很明显了？麦克洛斯基夫人记不住别人的名字，即便是认识多年的朋友。自然，她也很难记住貂皮大衣的原主人姓甚名谁。那位不幸的女人名叫珍妮特·坦南鲍姆，但在麦克洛斯基夫人的脑海里，这个名字很有可能变成了珍妮·坦南鲍姆。"

"那场降灵会！"我惊呼，"当鬼魂借薇薇安夫人之口说话时——"

"如果我没记错的话，"老妈说，"当时薇薇安夫人说的第一句话是：'我是珍妮·坦南鲍姆。'是的，就算再怎么迷信，你也很难相信记错自己名字的鬼魂！有人事先把这个名字透露给薇薇安夫人，额外付了她不少钱，让她说出自己提前想好的话，所以她才能到梅西百货购置新沙发。不过那个人糊涂、健忘，以至于记错了鬼魂的名字。"

"可是妈，"雪莉说，"不一定是麦克洛斯基夫人——"

"那好，如果你不信，我还有另一样证据，足以证明麦克洛斯基夫人其实并不怕鬼。从薇薇安夫人那里回来后，她干了什么？她来到丈夫的诊所叫他把大衣卖掉，接着就和朋友去听音乐会，那是她最后一次在众人面前穿那件大衣。我问你，如果她真的相信大衣被鬼魂纠缠，真的相信坦南鲍姆夫人的威胁，她为什么不尽快把大衣脱掉？她为什么不害怕？她怎么还敢穿着那种不祥之物向朋友炫耀？答案只有一个：她知道这世上根本没有鬼。"

"如果那场降灵会是她一手导演的，"我说，"那其他怪事一定也是她自己搞的鬼，她哪来这么大本事？"

"其实很简单。你们仔细想想，大多数怪事——在街上被鬼魂推搡，听见大衣撞击衣柜门，看见大衣滑下餐厅的椅子——都是在没有目击者的情况下发生的。至于大衣从她身上莫名飞走，那不明摆着是她自己扔出去的吗？那并不是无意识的行为，她特意等所有人走到自己前面，身边只剩下哈蒙夫人，一位重度远视的老人。也就是说，大衣从空中飞过落在远处时，她能看得一清二楚；而大衣披在麦克洛斯基夫人肩上，和她近在咫尺时，她反而什么也看不清。她看不到麦克洛斯基夫人脱下大衣扔了出去，只看见它突然落在草坪上，所以很自然地认为大衣是主动飞走的。"

"那天晚上，麦克洛斯基夫人叫醒了她的丈夫，"我说，"声称那件大衣从衣柜里溜了出去。照你的说法，她是自己取出大衣，在叫醒丈夫之前把大衣裹在门把手上！"

"你还没解释第一件怪事，当时女仆也无法从衣架上取下大衣。"雪莉提醒。

"那次可能真的是巧合，"老妈回答，"大衣的袖子确实被衣架钩住了，就像医生说的那样。但这件事给了她很大的启发，之后就发生了许多怪事。"

"为什么？她的动机是什么？"

"戴维，你不觉得她很像你的多丽丝伯母吗？如果一个女人爱一个男人，她会罄其所有帮助他，即使显得自己愚不可及也在所不惜。这么多年来，麦克洛斯基夫人一直渴望拥有一件貂皮大衣，她的丈夫终于满足了她的愿望，起初她很开心，然而不久前，她注意到丈夫在出售心爱的珍本，甚至还节省开支，不再抽雪茄、蒸桑拿。也许她出于好奇翻阅了他的文件，发现了银行贷款的单据。她突然明白：这都是他为我买大衣作出的牺牲！她随即厌恶起那件大衣。她是那种把丈夫放在第一位的女人，她现在只想卖掉大衣，把钱还给他。"

"她怎么会想出这么荒唐的办法？"雪莉问。

"她还能有什么别的办法？她能将真实原因告诉丈夫吗？也许她是个笨女人，但她知道这会对他的自尊心造成多大的打击。他会觉得自己是个无能的丈夫，连妻子想要的东西都买不起。为了顾全他的自尊心，她不得不让他相信，她再也不想要那件大衣了。可如果她直接对他说：'我现在不喜欢这件貂皮大衣。'他是不会相信的。但如果她告诉他，她害怕这件大衣，并利用自己的迷信编造出一系列灵异事件，不断增加说服力，他终究会信的。'我要让他相信，我是被吓得不敢保留这件大衣。他一定会觉得我像个白痴，但说到底，结婚这么多年，他早就认为我愚昧无知。重要的是拿回他的书和钱，同时不伤害他的自尊心。'"

说到这里，老妈叹了口气。

"所以，这才是怪事接二连三发生的原因——她对丈夫的爱，以及她因花了丈夫一大笔钱而感到的羞耻。"

"可是妈，这个女人被谋杀了！那件大衣也失踪了！"

"你想问谁是凶手？这个问题反而更容易解答，假如你替家里买过东西，你也会知道的。"

"替家里买东西？"

"看来得强迫你们凶案组替家里采购几周，"老妈说，"要不然你们这帮男人都没有购物经验，很容易受骗上当，女售货员说什么你们都信。"

"什么女售货员？我不明白——"

"买东西的人都明白一个道理：便宜没好货。天上不会掉馅饼。如果一袋两美元的橘子只卖一美元，你肯定会怀疑袋里混了一些烂橘子。同理，如果一件原价一万五千美元的貂皮大衣只卖五千……"

"妈，你认为那件大衣是假货？但是拍卖行的估价——"

"谁说坦南鲍姆夫人的貂皮大衣就是医生买到的那件？谁说罗莎夫人或舒尔茨先生——管他叫什么名字——出售的不是另一件大衣？没准他用兔皮掉包了。如果我没搞错的话，这就是诈骗，他可能会因此入狱，不是吗？"

"当然！"

"所以，当医生打电话给罗莎'先生'，表示要将大衣送去拍卖时，不难想象他的心情。只要拍卖行进行估价，他的诈骗行为就会败露。罗莎'先生'必须赶在估价前把大衣取回来。于是他打电话把医生骗到布鲁克林，他以为麦克洛斯基夫人一个人更容易说服。他赶到医生家，表明身份，成功让麦克洛斯基夫人放下戒心。他千方百计想说服麦克洛斯基夫人把大衣卖给他，奈何对方就是不同意。也许是他操之过急，他们发生了争执，他一时失去理智，用随手拿到的东西闷死了她。不巧的是，凶器正好是那件貂皮大衣。"

"妈，如果我们能证明这一点……"

"你刚才说过，她的尸体旁边有个盒子，上面贴着罗莎夫人皮草店的标签。你以为那是原本用来装大衣的盒子，当时麦克洛斯基夫人正要把大衣装回盒里，送往拍卖行。可她有什么理由保留那个盒子？她一开始并没有卖掉大衣的想法，按理说应该早就把盒子随手扔掉了，那又不是什么值钱的原装外盒，那件大衣可是二手货。戴维，你在尸体旁发现的那个盒子是案发当晚罗莎'先生'带去的，他本想把大衣装回去带走。但在杀害麦克洛斯基夫人之后，他惊慌失措，只顾着逃跑，把盒子忘得一干二净。你们仔细检查一下，也许盒子上有他的指纹，也许之前有人看见他提着盒子从店里离开。我相信这就是你的证据。"

我站了起来。

"我们现在就去逮捕舒尔茨，然后把他的店翻个底朝天。"

我离开餐桌，在餐厅大堂的电话亭里给凶案组打了电话。回到餐桌旁时，我恰好听到老妈在叹气。

"我先前说过，貂皮大衣被高估了。我已经穿了很多年，你相信我——"

雪莉终究还是忍不住。

"妈，你到底什么时候穿过貂皮大衣？说出一个场合就行。"

老妈直视着雪莉，声音再柔和不过。

"我一辈子都穿着它。我闭上眼睛，把手放在肩膀上，你猜我感觉到了什么？一件又厚又软的貂皮大衣，一直到膝盖，质量还是最好的那种——"

"开什么玩笑！"雪莉喊道，"这只是你的想象！"

老妈摊开双手。

"有什么问题吗？这不是最漂亮的那种吗？"那一刻，她的脸上现出一丝忧伤。但是没过多久，服务员拿着账单来了。老妈看了一眼，立马大叫一声。

"从今天开始，无论有没有炉具，我们都在布朗克斯吃晚餐！"

妈妈追忆往事

"有个问题我一直想问，"米尔纳探长对我妈说，"你当初为什么会对犯罪调查产生兴趣？"

老妈笑着回答："当然是因为我妈。我所有的知识都是她教的。"

这句话让我吃了一惊。老妈从不谈论她的父母或童年时光。她过去常说，世上没有什么比"陪一个老太婆叙旧"更无聊。于是我放下刀叉，开口问道："妈，祖母也有破案的天赋吗？"

"问得好！爱因斯坦有算数的天赋吗？范·克莱本[①]有弹钢琴的天赋吗？的确，我妈或许从来没有上过大学，但作为一名侦探，她完全比得上博士！要是你们感兴趣的话，我可

---

① 范·克莱本：Van Cliburn，美国钢琴家，二十世纪世界著名钢琴家之一。

以说说自己遇到的第一起谋杀案。破案的人就是我妈——我当时只是在一旁观察学习——"

在此之前，我最好先解释一下，是什么让老妈开始追忆往事。

当天是5月4日，周三。我和雪莉通常会在周五晚上来到布朗克斯与老妈共进晚餐，但5月4日这天比较特殊，是她和我爸的结婚纪念日。我和雪莉不想让她感到孤单。

四十五年前的今天，我的父母结婚了。我的母亲当年十八岁，而我的父亲也不过二十一岁。他们从小就一起上学，住在下东区的同一栋公寓楼里。他们的家族来自故国的同一个小村庄。在很长一段时间里，他们的父母都认为，哪怕不彼此相爱，孩子们也总有一天会结为夫妻。说来奇怪，他们确实深爱着彼此。

三十多年来，他们幸福地生活在一起，离开了下东区，搬到了布朗克斯。他们将我，彼此唯一的骨肉，带到这个世界上。他们攒够了钱送我上医学院。（然而大学毕业后，我决定当一名警察，这让他们的期望落空了。）不久之后，我的父亲在年逾五十之时突然去世，他的心脏因不规律的作息而衰弱，再也无法为他人分忧。我永远忘不了老妈当时的眼神，尽管她竭力不让我注意到。即使到了今天，在他们结婚纪念日当天，她的脸上仍不时显露出往昔的痛楚。

去年5月4日，我和雪莉带米尔纳探长来布朗克斯做客。米尔纳探长是我在凶案组的上司。他身材高大，秃顶，活像一只斗牛犬。他的怒容会让杀人犯心惊胆战，但坐在一位脸上带着羞怯表情的单身中老年女士对面时，他变得像青春期的男孩一样腼腆害羞、结结巴巴。

总而言之，我和雪莉这些年来一直在努力地牵红线，虽然还没有取得任何重大进展，但老妈似乎总是很乐于见到他。如果能在 5 月 4 日与米尔纳探长见个面，她说不定会高兴起来。

果然，她在门口给了他一个大大的拥抱。

"欢迎光临！今晚有你最喜欢的炖肉！要是你不铆足了劲吃，我会觉得很没面子的！"

我觉得这是个好兆头。兴许老妈一整晚都不会想起伤心事。

过了一会儿，当我们围坐在餐桌前喝汤时，她开口道："探长，你喜欢我做的无酵饼丸子①吗？我丈夫过去常说，他可以吃一百个，就算胃疼也值了。"她的声音逐渐开始颤抖，"虽然看起来是个很体贴的小个子，但他的胃口一点也不小——"

情况不妙。我和雪莉同时开口。

"妈，我之前在梅西百货相中一件漂亮的外套，"雪莉说，"非常适合你。"

"妈，本周又发生了一起谋杀案，"我说，"探长，你要不

---

① 无酵饼丸子：matzo-ball，用无酵饼混合蛋和油制作的传统犹太美食。——译者注

给她讲讲？"

"亲爱的，外套的事先放一放，"老妈敷衍完雪莉，转向米尔纳探长，"我洗耳恭听，如果你不介意的话。"

她的眼里流露出熟悉的求知欲。无论如何，这能让她暂时忘记悲伤。

"我真搞不懂戴维为什么要提，"探长说，"就是一件非常普通的案子。没什么好说的。"

"我妈对我们的各类案件都很感兴趣。"我迅速补了一句。

"那好吧，"探长挠了挠耳朵，每当他不得不在公共场合发表演讲，就会做出这种举动，"有个十八岁的小伙子，名叫拉斐尔·奥蒂斯，他昨晚持械抢劫，而且捅了一名出租车司机。还是老一套。这孩子最近一直和一群流氓混在一起，深夜不归，常和父母吵架。果然，他最终惹上了大麻烦。同样的事每天都在上演，整座城市一年更比一年糟——"

"你确定这孩子有罪？"

"百分百确定。被他捅的那个人进了医院，并在死前确认了他的身份。还有一个目击者——一位相当可靠的证人。你看，随便哪个警察都能破案，就不劳你费心了。"

我妈老脸一红。除了米尔纳探长，我没见过有谁能让她脸红。雪莉觉得他俩很有戏。

于是我们聊起了其他话题，过了一会儿——就在老妈端上炖肉之后，米尔纳探长问出了开头那个问题。她给出了答案，气氛又变得微妙起来。

"我给你们讲讲我遇到的第一起谋杀案，"她说，"如我所言，破案的人是我妈，但把我和我妈卷入其中的人是戴维他爸。我可怜的门德尔——"

老妈的声音又开始颤抖了，但我不知该如何是好。

"我刚才说她有破案的天赋，"老妈接着说，"但她其实一直没什么表现的机会——直到我们婚礼的前一天。在下东区，哪有什么案子可破。在她的想象中，也许霍洛维茨夫人巴不得夏皮罗夫人死，因为夏皮罗夫人总是吹嘘她那些住在富人区的亲戚，觉得自己高人一等。但下一秒，她又会为自己的可怕想法感到羞耻，去教堂请求上帝的原谅，还为夏皮罗家那个得了流感的女儿炖了一些鸡汤。

"我想说的是，我妈可没有一个在凶案组工作的儿子，她连儿子都没有，更没有成为律师或从事其他相关工作的子女。所以我妈唯一有机会解决的是那些没有惊动警方或登报的罪行。

"我给你们举个例子。住在三楼的金斯基夫人趁丈夫去市郊的制帽厂工作，出售了他收藏的希伯来古籍。她把钱存在厨房的一个糖罐里，结果第二天就不见了。除了门卫的儿子，没人进过厨房——门卫的儿子声称自己是来修水龙头的，但没几个人信，因为水龙头都那么旧了，有啥好修的？整栋楼的人都说门卫家出了个小偷儿子。

"于是我妈出面，问了几个问题，挖掘了一些信息，回忆起童年时在俄国老家的往事，真相便水落石出了。是可怜的金斯基先生自己偷了钱，好赎回他的古籍，他爱希伯来古籍胜过自己的妻子。

"还有一次，格洛高尔家的九岁小女孩在学校晕倒了，医生说是因为饥饿，然而她母亲每天都会给她一角钱买三明治、苹果和牛奶。小女孩不愿交代钱的去向，一问就哭。

"于是我妈东问问西问问，发现了一个专门勒索学生的黑帮团伙。你们猜是谁组织的？几个十一岁的小屁孩！

"从我小时候记事起，我妈就一直在解决这种'罪行'。她很有天赋！假如她有更好的际遇，假如她出生在奢侈的家庭中，接受高等教育，假如她不是一个寡妇，不必住在贫民区的廉租房里抚养四个女儿，不用再看房东脸色！她的聪明才智才不会全浪费在迪兰西街了，一说起这个，我简直想哭！"

老妈有些激动，然后又耸了耸肩。

"但从另一个角度来看，假如生活没那么艰辛，也许她永远不会具备聪明的头脑。她必须变得聪明机智，比其他人想得更快，看得更多，否则在没有亲戚接济的情况下，她如何能让四个女儿不挨饿？当读懂屠夫的心思事关生死存亡时，相信我，你一定会拼了命去学读心术！

"总而言之，我从小见证我妈是怎样将她的想法付诸实践的。而且，你们应该也猜到了，我学得很快，我可不是什么小笨蛋，于是我有了一个想法，我也可以做她所做的事，我可以像她一样聪明。

"没错，不瞒你们说，我当时狂妄自大。但我没啥借口好找，这是一种坏毛病，好在所有人最终都会成长，除了我姐姐珍妮，直到六十三岁去世时，她的心理年龄依然只有十八岁。

"好了，说回四十五年前的那起谋杀案，我当时可算明白，哪怕我一直活到一百岁，我也比不上我妈。"

老妈突然陷入了沉默，有些喘不过气来。再度开口时，她的声音变得柔和许多。

"四十五年前，举办婚礼前的一天。每当想起当时的情况有多危急——要是少了我妈和她的聪明头脑，我的婚礼还会如期举行吗？我还会搬来布朗克斯吗？戴维，你今天还会坐在这里吗？还有我和门德尔共度的三十二年——那三十二个幸福的岁月——"

老妈泪眼朦胧，这正是我一直担心的。在5月4日这一天，绝不能让老妈回忆往事；在5月4日这一天，我必须让她尽可能忘怀。

于是我大声插话。

"妈，我对旧案不感兴趣，还是聊聊新的案子吧，毕竟这是我的本职工作。关于那个姓奥蒂斯的小伙子——捅死出租车司机的人——我觉得还有别的疑点，所以想听听你的意见。探长，你还不给我妈说说细节！"

"可她才说到婚礼那天的事——"

"你可以稍后再讲，对吧，妈？我们现在需要专家的意见，我们必须把握这个机会，否则无法履行对纳税人的义务。"

我知道这个策略会奏效。"纳税人"这个词在米尔纳探长心中还是很有分量的。

他有些烦躁。

"好吧，既然戴维似乎认为这很重要，"他转向老妈，"我可以讲讲更多关于奥蒂斯案的信息。希望你别觉得无聊。"

老妈咽下一块炖肉，礼貌地向前一倾。

"我有觉得无聊过吗？"

"奥蒂斯一家十一年前从波多黎各移民至纽约，"探长开口道，"当时拉斐尔才七岁，他的姐姐伊内兹八岁。此后他们的父母又生了两个孩子，是两个小男孩。他们全家住在阿姆斯特丹大道附近的一栋旧房子里，伊内兹除外。一年前，她搬进了市中心的一家酒店，因为她和她父亲一直在吵架。"

"奥蒂斯先生好相处吗？"老妈问。

"他是个不起眼的小个子。年届四十，但看着像五十多岁，说话时声音有些低沉，但所有的邻居都说他脾气暴躁，尤其是在每周六晚上喝酒的时候。他在时装区①的一间仓库工作，妻子每周要出门当五天清洁工，子女由门卫的妻子照看。在这样的家庭长大，也难怪拉斐尔会走上歪路。"

"但还是有不少人没惹出麻烦，"雪莉插嘴，"如今的心理

---

① 时装区：Garment District，坐落于纽约曼哈顿区的时尚中心。——译者注

学家已经不怎么强调环境因素，更关注个人意志和自身努力——"

我注意到老妈皱了皱鼻子，明显有些不悦。但当有客人在场时，她从来不会和雪莉吵架。只见她对米尔纳探长笑了笑，开口道："我记得你刚才有说，这孩子最近才开始惹祸？"

"他六个月前从高中毕业。在此之前，他是一个相当不错的孩子，成绩很好，还兼职当送货员。他的父母告诉我们，他从来不惹是生非，他的老师和邻居都证实了这一点。此外，少年法庭也没有他的记录。他住在一个条件相当艰苦的社区，有个帮派离他家仅一街之隔，我们一直在调查，但据目前所知，拉斐尔与他们没有任何关联。"

"那么，是什么改变了他？"

"是什么改变了所有人？是因为他们失去了希望，就这么回事。他们迟早会得出这样一个结论：在美国这个国家，念完高中、努力工作、遵纪守法，有何意义？他们最终百分之百会进仓库工作，或是在餐厅洗盘子，或是为一些市政府部门分拣邮件。于是有些人自甘堕落。

"其中一些变成了机器人，就像拉斐尔的父亲一样，整日都是安静顺从的机器，晚上回到家后再拿妻儿出气。另一些人变成了行尸走肉，靠政府救济过活，每几个月换一份工作，用酒精麻痹自己。还有一些人——粗暴强硬的人——试图反击。可一个波多黎各小伙子对体制的影响能有多大？通常来说，他只会让自己进监狱——或者进停尸房。

"这就是拉斐尔自去年冬天以来一直在做的事，他先是抱怨送货员这份工作配不上自己，辞了职并试图寻找更好的工作。他花了一个月时间才意识到，自己撞了南墙。不过，他并不想回到杂货店或类似的地方，于是开始在家里闭门不出。

"父亲不停地对他大吼大叫，骂他是个乞丐。他也不甘示弱，说父亲是个失败者，他母亲则在一旁哭泣。最终他还是走出了家门。不久之后，他便只在吃饭时回家，每天都在外面待到深更半夜。每当父亲问起，他就会回一句'关你屁事'。"

"他每晚都和你之前提到的那帮人混在一起?"老妈问。

"他父亲就是这么想的。但那帮人发誓他们与拉斐尔无关，我们也找不到目击者。反正他肯定是和附近的人在一起，而且让情况更加糟糕。"

"会不会是他女友? 十八岁的小伙子已经开始对异性产生兴趣。"

"他已经有女朋友了，名叫罗莎·梅伦德斯，住在离奥蒂斯家半个街区远的地方。拉斐尔每周六和周日晚上会和她在一起，罗莎在其余时间都见不到他。她问过很多次，但他一直声称自己有一个'大计划'，只要再给他一点时间，他们就能攒够钱结婚。每当她要求男友解释更多细节时，对方就会发火，说什么没有男人愿意娶一个多管闲事的女人。"

"依我看，他应该是脚踏两条船了，"雪莉说，"而且不想让罗莎发现。"

"有这个可能，"探长说，"但问题是，罗莎并不这么认为。她忧心忡忡，承认自己产生过各种怀疑，但她一直不觉得男友会劈腿。我也相信她。此外，'神秘女友'这一猜测与他父亲的说辞不符。"

"他说了什么？"老妈问。

"大约一周前，拉斐尔的母亲生病了——得了一种流感——不得不在床上歇几天。当天下午三点，她的电视坏了——"

"这些人都那么穷了，"雪莉说，"居然还买得起电视？"

"穷人更应该看电视，"老妈答道，"不然他们怎么能暂时忘记自己很穷？"

"总之，拉斐尔当时闲着没事，"探长说，"曾试图用螺丝刀把电视修好。晚餐后，他离开家门，走之前像往常一样和父亲吵了一架，因为他又不肯说自己要去哪。十点左右，他从外面打来电话，询问电视是否已经修好。

"接电话的人是他父亲，问他是从哪里打来的，因此引发了又一轮争吵，但在这一过程中，奥蒂斯先生听到电话那头传来另一个声音。起初这声音很轻，奥蒂斯先生听不清他们在说什么。然后其中一个声音，一个男人的声音，变得很大，听起来有点生气。奥蒂斯先生非常清楚地听到了他说的话：'谁怕那些警探？要是有条子敢挡我的道，我会让他吃不了兜着走！'又过了一会儿，拉斐尔挂断了电话。"

"这全都是他父亲告诉你的吗？"雪莉问，"是他自愿的——他知道这样会连累儿子吗?"

"是的。奥蒂斯先生对这孩子非常失望。'他杀了一个人,必须接受惩罚。'当然,他母亲恰恰相反。她不乐意听任何人说儿子坏话。'我家拉斐尔不可能伤害任何人',她一直这么说。不得不承认,因为她,我其实希望拉斐尔的案子没那么严重……"

探长的声音骤然减弱。过了一会儿,老妈说:"那奥蒂斯夫人的电视呢? 她儿子打来电话时,电视修好了吗?"

"我的老天,妈,"雪莉说,"这和本案有什么关系?"

"我就是想知道。"

"电视一切正常,"米尔纳探长说,"这孩子对修理机械设备方面一向很在行。可惜他现在什么都干不了了。"

"为什么?"

探长绷着脸。

"两天前的那一晚,他毁了自己的人生。当晚十一点左右,一个名叫多米尼克·帕拉佐的出租车司机——六十来岁,身材矮小,有五个孙子孙女——完成了从百老汇到八十六街的一单,然后继续向东行驶。在阿姆斯特丹大道上,有个小伙子——又矮又瘦,留着长发,正向他招手。这是帕拉佐的描述,现在不少小屁孩都这样。小伙子上了车,说话带西班牙口音,让帕拉佐载他到闹市区。

"当出租车驶过几个街区,来到一条漆黑空旷的公路时,那小伙子拔出一把刀,抵住帕拉佐的脖子,命令他停车并交出现金。帕拉佐去年就被抢过两次，他已经承受不起损失了，所以猛踩刹车，想让小伙子失去平衡。但帕拉佐还没来得及转头，那小伙子就把刀捅进了他的后颈，然后跳下出租车，沿着街道逃离，消失在拐角处。帕拉佐失血过多，两小时后在医院去世，他完全有时间指认凶手。"

"你把那孩子带到医院了？"老妈问。

"他本人没去。我们当时想去他家接他，但他和往常一样，在晚餐后就离开了，尚未回家。我们从他母亲那里拿了一张他的高中毕业照，帕拉佐看了一眼，立马说：'就是他！'"

"我有点困惑，"老妈说，"你为什么案发没多久就去了他家？是什么让你怀疑他？"

"有一位目击者。就在帕拉佐开始大声呼救之后，他冲出一家二十四小时营业的汉堡店，看到那孩子在街上跑，认出了他。"

"在黑暗之中，隔着一条街，还没看到正脸的情况下？"

"的确，这位目击者没有看到凶手的脸。但他认出了那人的身材和着装，尤其是他穿的衣服。几个月前，拉斐尔买了一件亮红色的皮夹克，衣服背面有一个黑色龙头，他还配了一顶黑色的摩托车皮帽。此后，他便经常穿这套炫酷的衣服。他父亲说他看起来像个流氓。

"言归正传，他的父母和其他一些人说，他在案发当晚离开家时就穿着这件皮夹克，戴着这顶皮帽，我们的证人也看得一清二楚。再加上帕拉佐的指认，对我们而言，案子已经结束了。我们在他家一直等到十二点半，当他吹着口哨，一脸悠哉地向我们走来时，果然，他正穿着一件红色夹克，戴着黑色皮帽，所以我们当场就将他拿下。"

"他认罪了吗？"老妈说。

"他尚未坦白。他发誓说自己一整晚都不在阿姆斯特丹大道。我们问他去了哪里，他声称自己和姐姐伊内兹去了影院，一起看了两场西部电影。伊内兹在时代广场的一家餐厅当服务员，所住的酒店就在几个街区之外，我们马上联系了她，问她当晚是否有和弟弟一起去看电影。她给出肯定的答复。然后我们耍了个心眼，让她描述他们看的'科幻'电影，没想到她居然真的开始描述什么怪物和宇宙飞船，所以说，他的不在场证明是假的。但拉斐尔依然不承认他的罪行，也不愿告诉我们他到底在哪里过夜。那么，在这种情况下，我们还能怎么办？"

探长无奈地摊开双手，脸上流露出惋惜的表情。

片刻后，老妈轻声说："可针对这孩子的证据，真的有那么无懈可击吗？出租车司机在一条漆黑的街道上接了一个小伙子，两分钟后就被他从身后捅了一刀，他的指认能有多少可信度？"

"妈，帕拉佐的视力和记性都很好，"我说，"一年前，他第一次被抢时，同样和劫匪没多少接触，但两周后就从一群人中指认出了犯人。"

"此外，"探长说，"有目击者看见那件红色夹克和那顶黑色皮帽。"

"难不成全纽约就只有一个小伙子穿着红色夹克，背面印着一个龙头吗？也许拉斐尔属于一个帮派，夹克和皮帽是他们的制服。"

"奥蒂斯家附近没这种帮派，"探长说，"整个纽约都没有，否则我们一定会知道。所以小屁孩们才爱穿奇装异服，这样才能在公共场合炫耀。"

老妈皱起眉头。

"你就这么信任那个目击者吗？也许就是他杀害了出租车司机，然后试图把责任推到一个无辜的路人身上。没准他想陷害别人。"

"这位目击者绝对没问题。"米尔纳探长说。

"抱歉，"老妈略显倔强地微微一笑，"生活了这么多年，我很难不对所有血肉之躯多留几个心眼。战前我们教堂里最富有的人——一个向慈善机构捐赠了数千美元的人，一个满头白发、穿双排扣西装的老人，他一直深受信赖，可当建设基金少了五百美元时——"

"妈，"我忍不住插嘴，"你大可以放心，"我深吸一口气，开口道，"因为我就是那个目击者。"

我这辈子很少见到老妈显露出惊讶之情，这是其中一次。

"戴维，你在开玩笑吗？"

"我也希望是在开玩笑。上周，奥蒂斯家那栋楼发生了一起杀妻案。那名丈夫对自己的罪行供认不讳，但我还是得收集一下其他住户的证词。当我与奥蒂斯夫妇交谈时，拉斐尔刚好在场，他还在一旁起哄。你知道我看不惯这种人，但这件事恰巧让我记住了那个小伙子，记住了他身上的那件夹克。

"两天前的那一晚，也是晚上十一点左右，我完成调查，来到街对面吃汉堡包、喝咖啡。突然，我听到街上有人在喊叫，便出去看看发生了什么事，然后就目击了那一幕。我并没有去追，因为出租车司机似乎情况不妙。更何况，我一定能逮到那个人。妈，你相信我，哪怕化成灰，我也认得出那件红色夹克。"

老妈皱了皱眉头，最终开口道："戴维，我当然相信你。不然还能咋样？只不过，这件案子里的某些东西一直让我觉得不对劲——"

米尔纳探长的脸上闪过一抹亮色。

"不是那孩子干的吗？如果你有证据的话，我可以告诉——"

"我没有证据，只有一个想法。甚至连想法都算不上——应该说是对比。"

"跟什么对比？"

"跟什么——？"刹那间，那一抹阴影，那一丝痛苦，又浮现在老妈脸上，"这件案子很像我遇到的第一起谋杀案。这个叫奥蒂斯的小伙子很像他，像我可怜的门德尔，四十五年前——"

拜托，怎么又来了！我不清楚究竟是怎么回事，但我必须踩刹车。

"妈，忘了那桩陈年旧案吧，"我说，"请你活在当下，好吗？"

"什么叫活在——？"老妈答道，"戴维，你还没明白我的意思吗？现在的这起谋杀案，与四十五年前的那起谋杀案几乎一模一样。不回想旧时那起案件，我怎么解决现在这起——"

我无言以对，别无选择，只好优雅地让步。

"好吧，妈，如果你真这么觉得，"我说，"那就讲讲那桩旧案吧。"

老妈两手交叉置于膝盖上，向我们露出笑容。

"好，我这就告诉你们，"她如是说，"但是炖肉凉了就不好吃了。请慢用，探长，还有亲爱的雪莉和戴维，你们不用顾及我，放开了吃，边吃边听就行。

"首先，我得向你们介绍一下我的门德尔。"老妈说，"戴维，你爸是一个了不起的人。但也许，现在大多数人都不会同意我的看法。他身上那些了不起的品质已经没那么受欢迎了，仔细想想，也许一直都不怎么受欢迎。他没什么商业头脑，不是一个会讲笑话、扇别人耳光的大人物，也没有鲁道夫·瓦伦蒂诺①那样的颜值和泰山那样的身材。只需要看他一

---

① 鲁道夫·瓦伦蒂诺(1895—1926)：Rudolph Valentino，美国著名男演员，曾主演过《茶花女》《碧海狂沙》等作品。——译者注

眼,你就会知道,这人永远赚不到大钱。这人真是一个笨蛋!没人会在乎这样一个笨蛋,但这个笨蛋心地善良,体贴周到,从不生别人的气,也从不说侮辱性的话。戴维,当你还是个婴儿的时候,他会把你放在膝盖上颠着玩,脸上的表情不知有多幸福!相信我,很多百万富翁活到八十岁,也从来没有露出过类似的表情,哪怕是在清点银行账户的时候。所以,我终究还是爱上了这个笨蛋。在很多人,包括我姐姐珍妮看来,这个脑袋空空如也的笨蛋,把我也变成了笨蛋。

"十五岁那年,门德尔被父母从故国带到纽约。他爸是一位拉比[①],长相十分英俊,留着长长的黑胡子,生气时两眼冒火,低沉的嗓音充斥整间犹太教堂,甚至能传到外面的数个街区!他和我妈、我以及我的姐妹们搬进了同一栋公寓,很快就成了我们那间教堂的拉比。不得不承认,每个人都非常尊敬和钦佩门德尔,以至于有点害怕他,因为没有人像他那样严格遵照传统,遵守旧法。

"例如,有个女人——她完全是不小心的——把牛奶和肉混在一起,直到晚餐前才发现。与其说推倒重来,再做一顿饭,还不如向上帝道个歉,然后把食物端给她的家人,闭口不提这件事。你们说,这算得上什么大罪过吗?她这么做是为了省事吗?

"事实恰恰相反,她这么做是为了让所爱之人不挨饿。那

---

① 拉比:希伯来语 rabbi 的音译,意为"老师""先生"。原为犹太人对师长的尊称。

么，当一名辛勤工作的丈夫和成长中的孩子需要营养时，上帝会原谅这样一起小意外吗？当然，上帝会谅解的，但门德尔不会！那个可怜的女人会尽可能远离他，她确信丈夫能看穿自己心中的秘密。"

"门德尔在纽约下船时，一个英语单词都看不懂。他只会意第绪语①和希伯来语。他在这个国家的第一年过得并不轻松，说实话，他从未真正掌握英语。他能用英语说出自己的想法，也能理解别人说的话，但他一生，直到去世的那一天，说英语都带着口音。在生命的最后一刻，在医院的病床上，他已经忘了学过的所有英文单词，又说起意第绪语。

"正因如此，他直到十七岁才去上学，之后在弗里德曼父子的男士内衣店工作，成了一名裁剪工，与他父亲的期许完全不符。他爸希望儿子成为一名拉比、一位学者，遵循家族传统。

"但首先，门德尔不是那种学究，他关心的是人，而非书籍。其次，美国并非他的故乡。在以前的小村庄里，一个整日研究犹太法典的年轻人会被视为英雄，让每个人感到骄傲，如果他需要食物和衣服，谁会不乐意提供给他？

"但在美国，在迪兰西街，让自己的孩子吃饱穿暖就已经够难了，谁还在乎什么学者？要想在美国取得成功，你必须成为一名商人、专业人士或电影明星。如此一来，谁还会让

---

① 意第绪语:Yiddish,一种日耳曼语,通常用希伯来字母书写,使用者大多为犹太人。——译者注

门德尔把时间浪费在犹太法典上？

"他爸不得不面对现实，彼时下东区的拉比还不像现在那些大人物，穿着坎肩，面部除过毛，有房子分，领着薪水、补贴，还可以免费去以色列旅行。所以门德尔去了弗里德曼的店里后，无论他爸有多生气，终究还是无话可说。

"他在弗里德曼的店里工作了三年。门德尔是一名优秀的裁剪工，也有更大的抱负。我一直爱着他，他也爱着我。你们肯定会问，我们还等什么呢？只等两件事—— 一是我年满十八；二是门德尔攒够钱辞职，开一家属于自己的裁缝店。他不喝酒，不抽烟，不穿奇装异服炫耀，也不跟坏女人鬼混，因为他对幸福的理解就是每晚下楼，与我和我妈玩纸牌游戏。他的银行存款与日俱增，尽管他的工资并不高。最终，在我过完十八岁生日后，门德尔对我说，是时候租一家店面了。他和我妈谈了谈，我和他爸谈了谈，将婚礼定在5月4日。之后发生的事表明，人们或许可以有自己的想法，但上帝自有安排。"

老妈顿了顿，身子微微一颤。

"他给我和门德尔开了一个小玩笑——在我看来，这玩笑并不有趣，但是话说回来，我们似乎从来就欣赏不了上帝的幽默感？这个玩笑是这样的：门德尔突然遇到了麻烦，差点就毁了自己的婚礼和人生，罪魁祸首是个坏女人，一个与他没有任何瓜葛的耶洗别①。

"当然，她的真名不叫耶洗别，而是萨迪·凯兹。的确，听起来没什么特别。影史上并没有名叫萨迪·凯兹的吸血鬼角色，史书中也从未记载过一位改变一国命运，名为萨迪·凯兹的女王，正如莎翁在他其中一部被拍成电影的作品中所言：'名字代表什么？我们所称的玫瑰，换个名字还是一样芳香。'②他于数百年前写下这些话，没准就是在预言萨迪·凯兹！

"她和门德尔同样在弗里德曼的店里工作，负责踩缝纫机，但是她与门德尔不在同一层楼。她喜欢在店里走来走去，向每一位试裤子的顾客抛媚眼。她基本没怎么用过缝纫机，反而经常四处游荡，扭动着臀部，秀出长长的睫毛。许多人禁不住挑逗——包括领班格罗斯菲尔德——一个四十多岁的男人，有五个孩子和一名患病的妻子！正因为格罗斯菲尔德，消极怠工的萨迪·凯兹才没被解雇。

"她一头黑发，祖上是生活在立陶宛的犹太人。一个立陶宛犹太人——你还能指望什么？不对，抱歉，我不该说这么愚蠢的话。立陶宛犹太人和其他人没什么区别。相信我，我绝对没有偏见。只不过，每当我想起萨迪·凯兹，总会突然产生一些想法，即使已经过了这么多年——

---

① 耶洗别：Jezebel，古以色列国王亚哈的妻子，常被用来指代恶毒无耻的女人。——译者注
② 此句出自莎士比亚的作品《罗密欧与朱丽叶》。——译者注

"说回正题，在店里工作了六七个月后，她终于见到了我的门德尔。从那以后，她几乎天天向他投怀送抱。当他裁东西时，她会走到他身后，弄乱他的头发。她会夸赞他的容貌。她会特意与他同时下班，在店门口与他擦肩而过，然后一起走在街上。她还暗示他可以随时给她打电话，这是什么意思不用我说。

"闭上嘴，别打断我——我能从你们脸上看到困惑。我不是刚说过门德尔比不上鲁道夫·瓦伦蒂诺，也无法成为约翰·D.洛克菲勒①吗？那么这位堪比耶洗别和黛利拉②的萨迪·凯兹，为何会对他如此感兴趣？对于这样一位姑娘来说，一个平平无奇、喜欢与未婚妻和丈母娘玩纸牌游戏的小个子男人究竟有何魅力？

"答案是，门德尔与店里的其他男人不同——他并不在意萨迪·凯兹。对于她的魅力和美貌——说实话，我从来没觉得她有多漂亮——他完全视而不见。当她弄乱他的头发时，他会十分难为情，但那是因为尴尬，而非兴奋。当她声称想和他一起外出时，他会先礼貌地表示感谢——因为门德尔不想伤害任何人的感情——然后解释说自己已经订婚，除我之外，他不会与任何异性交往。

"没错，萨迪·凯兹此前从来没有遇到过这种情况。她已经习惯了听男人们说出甜言蜜语，她也习惯了男人们争相扑

---

① 约翰·D.洛克菲勒(1839—1937)：美国企业家，被人称为"石油大王"。
② 黛利拉：《圣经》中迷惑大力士参孙的妖妇。——译者注

倒在她的脚下，当她的提线木偶。在她看来，那些可怜的小裁缝，那些籍籍无名的穷光蛋，就该捧着她。但门德尔却打击了她的自尊心。若不将他征服，她实在寝食难安。

"与此同时，她并没有因对门德尔的愤怒而放弃社交生活。她的房东说她几乎每晚都会和某个男人外出。有时对方会来接她，有时她会打扮得漂漂亮亮，独自出门，不告诉任何人自己要去哪，然后在凌晨两点哼着歌、跳着华尔兹归来。当天早上，她会迟到一个小时甚至更晚——但格罗斯菲尔德从不发火！

"这一切似乎与我无关，直到我们结婚的前一天晚上。四十五年前的5月3日，萨迪·凯兹突然迎来了与耶洗别和黛利拉一样的结局。她被谋杀了。"

老妈戏剧性地顿了顿，环顾餐桌，"怎么了？"她问，"为什么都不吃菜？我的厨艺退步了吗？"

我们连忙否认，开始大口吃起炖肉。她松了口气，继续讲述。

"5月3日傍晚六点，大家为门德尔举行了一场派对。一场单身派对，用笑话、祝词和敬酒来告别未婚生活。当时一共来了十到十二个人——都是门德尔在店里最亲密的朋友。这批人里还有弗里德曼，虽然门德尔与弗里德曼其实不怎么熟，但员工哪敢不邀请老板？大家凑钱给门德尔买了一件结婚礼物——一支镶金笔夹、刻有他姓名首字母的钢笔。门德尔当场就写了几笔，他高兴得哭了。

"那场派对在店里的一楼举行，旁边就是弗里德曼的私人办公室。出于对门德尔的尊重和欣赏，弗里德曼同意让他们借用展销厅，他本人在派对进入尾声时露面，说了一番话，称门德尔是一名一流裁缝。依我看，弗里德曼是想阻止门德尔辞职开店，因为在当时那段劳动环境恶劣且没有工会的日子里，一名优秀的裁缝并不好找。

"不过，我并不想指责弗里德曼。他是一个心地善良的人。身为老弗里德曼的儿子——老人家多年前就去世了——员工们并没有像尊重他的父亲那样尊重他。为了弥补这一点，他穿上昂贵的西装，住在公园大道的富人区，打高尔夫球，发表长篇大论，有时在经营理念上也比较专横。

"但在内心深处，弗里德曼是另一副面孔。不然他为什么会给门德尔整整两天的蜜月假？他为什么会让妻子——她名叫史黛拉·普洛金，曾经是他的秘书，如今是穿着貂皮大衣的史黛拉·弗里德曼夫人——告诉自家厨子，为门德尔的派对准备一个小号巧克力蛋糕？他为什么会自费提供香槟？虽然不是进口的法国香槟——没记错的话，是纽瓦克①的——但对弗里德曼来说，这已经很够意思了。

"我真想把那瓶香槟倒了换成葡萄汁！要不是因为它，门德尔怎么可能惹上麻烦！他其实不习惯喝酒，在安息日小酌一杯是他的极限。要是喝了不止一杯，他整晚都会头晕脑涨。

---

① 纽瓦克：Newark，美国新泽西州最大的港口城市。——译者注

"但是在派对上，所有人不停地敬酒，祝他好运，他怎么好意思拒绝？所以一小时后，派对结束时，门德尔已经喝了五杯香槟，整个世界天旋地转，他说话的声音也比平时大得多，明显是喝醉了。

"他喝得酩酊大醉，无法一个人走回家，所以领班格罗斯菲尔德和其他几个人只好帮他一把。他们一路上唱了很多歌，大喊大叫，门德尔也不例外。在离家只剩一两个街区时，他突然意识到，让父亲闻到自己嘴里的酒味可不是个好事情。我刚才已经说过，门德尔他爸认为犹太传统比地球上任何东西都重要，其中最古老的传统之一就是忌酒。他应该不是禁酒主义者，有时也会喝一两杯杜松子酒放松一下，但他从来不会喝到失去理智，让自己大出洋相。要是让他发现儿子醉得不省人事，那就惨了！

"于是门德尔走进一家糖果店，拿出一美元买了一卷薄荷糖。他想用薄荷的香味掩盖酒气，但为时已晚。他把薄荷糖和找回的九十五美分一起放进口袋，然后将这件事忘得一干二净。

"不久之后，门德尔和他的朋友们以及格罗斯菲尔德来到了我们那栋公寓。他走到门前，然后转身向朋友们道别。临别之际，他还说了一通胡言乱语，声音之响亮，动作之滑稽，引得孩子们都跑过来看他，街坊邻居也纷纷把头探出窗户。只见门德尔挥舞着手臂，朝他们大喊：'我是一个幸福的男人！我恋爱了，马上就要结婚了！你们看我朋友送的钢笔有

多漂亮！他们还敬了我五杯香槟。'

"就在这时，萨迪·凯兹突然出现在门德尔身边，仿佛是被一阵龙卷风刮来的。她一直尾随着门德尔，此时再也忍不住，搂着门德尔深情一吻，对他说：'门德尔，明早之前，你依然可以逍遥快活，今晚为何不来我这一趟？'然后就一溜烟跑掉了。

"紧接着，门德尔上楼回家，他爸就在门口等着他。看见父亲的表情，门德尔瞬间清醒了。他爸从窗口看到了街上发生的事，此刻正处于前所未有的愤怒状态——尽管他每天都要发两三次火。此后的半小时里，他一直骂自己的儿子是个酒鬼。然后，奇迹发生了，门德尔做了一件此生从未做过的事。

"他回嘴了。他开始争辩，反驳，说自己不是什么酒鬼。他说他爸是一个迂腐且狭隘的人，他说他有权过自己的生活。他或许不具备耶利米①、富兰克林·D.罗斯福②、斯蒂芬·怀斯③那样的口才，但他依然勇敢地把话说了出来，这才是关键。来到这世间二十一年，他最终从哪里获得了勇气？也许是香槟，又或者是因为在婚礼的前一天，这个男人不再惧怕任何事，因为他不认为霉运还会找上自己。

"两人的争吵变得越来越激烈，越来越大声，他可怜的母

---

① 耶利米：Jeremiah，《圣经》中的犹太国先知。——译者注
② 富兰克林·D.罗斯福(1882—1945)：美国第32任总统，也是美国历史上首位连任四届的总统。
③ 斯蒂芬·怀斯：Stephen Wise，犹太复国主义运动领袖。——译者注

亲在一旁攥着手哀叹，他爸骂他是个罪人，命令他进门。门德尔回怼，'我凭什么听你的？现在还早，夜生活尚未开始——我应该出去干点违法的事，不然怎么配称之为罪人！'挨了父亲一记老拳后，门德尔大步走出公寓。

"彼时已是晚上八点，他直到深夜才回家。他妈听到了关门声，发现儿子走进浴室，似乎是在呕吐。过了一会儿，她溜进他的房间，发现儿子睡得很熟，门德尔还把衣服扔得到处都是。于是她翻了翻衣服的口袋，将其挂好，然后又溜了出去。

"第二天早上，警方上门逮捕了门德尔，罪名是在前一天晚上九点半至十一点之间勒死萨迪·凯兹。"

老妈再次停顿。她很有讲故事的天赋，知道何时该让听众等待。

她吃下一块炖肉，喝下一口汤，然后继续开口。

"萨迪·凯兹住在亚瑟大道的一栋出租公寓里，房东是施皮格尔夫人。那是一栋五层楼的建筑，大概率建于独立战争前。萨迪·凯兹的房间在二楼，只放得下一张床和一个脸盆。施皮格尔夫人住一楼，她丈夫每天都会推着车卖旧衣服，平日里都是她一人看家。这对老夫妇五年前还生活在德国，瞧不起所有来自俄罗斯或波兰的人，装作有教养、有见识。他们一直在读德语书，每年会去剧院三到四次。

"据施皮格尔夫妇说，5月3日，萨迪·凯兹于当晚七点回到公寓——显然是在光天化日之下勾引门德尔之后。施皮格尔夫妇的公寓里只有一台电话，安装在一楼走廊的墙上，如果住户想打电话，必须花五美分。有时外面的人也会打这台电话——就比如5月3日晚八点十分。施皮格尔夫人接起电话，听到一个声音——一种低语声，像是一个感冒的人——要求和萨迪·凯兹通话。施皮格尔夫人上楼喊来萨迪，然后回到自己的房间，为丈夫做了一顿丰盛的晚餐。

"但是，她并没有完全关上门——也许是偶然。施皮格尔夫妇能听到萨迪·凯兹在电话里说的每一句话。'没想到会是你！'她似乎很惊讶，'你今晚想见我吗？我很荣幸。'她说，'不行，我不出去。我累坏了，想在家里度过一个愉快的夜晚。你要不亲自来一趟？'

"对方沉默良久，萨迪有些生气。'你不想声张？'她如是说，'只要按一下门铃，我就会下楼给你开门。没人会看见你的。我是什么社会弃儿吗？和我见面属于犯罪行为吗？'她笑着问，'怕什么？你现在依然是自由身，不是吗？你可以随心所欲！'过了一会儿，她又说，'好吧，一小时后见。'她挂上电话，敲了敲施皮格尔家的门，告诉他们，她今晚要见一位客人，希望两人帮她留心一下，然后上楼回到了自己的房间。

"九点半左右，门铃声响起。施皮格尔夫人想去开门，但与此同时，萨迪·凯兹也出现在楼梯上。'还是我来吧，谢了。'她说完这句话，特意看着施皮格尔夫人回到房间。几秒钟后，施皮格尔夫妇听到了开门声，然后是萨迪响亮而欢快的声音，另一个人的声音则低沉喑哑。他们能听到两人上楼的动静，但始终没见到那位访客。

"施皮格尔夫妇不久后便上床睡觉了。为了与附近的其他旧衣贩子竞争，施皮格尔先生必须早早起床。他们睡了一整夜，第二天五点就醒了。早晨六点，施皮格尔先生出门，他妻子则上楼去敲萨迪的门——她每天早上都会这样做，好让萨迪及时起床上班。但是今早，萨迪迟迟没有回应。

"施皮格尔夫人想用钥匙开门，却发现门没有锁。她走进房间，看到萨迪·凯兹倒在地板上。萨迪·凯兹和前一晚一样，穿着她最漂亮的衣服，但她的妆花了，衣袖也被撕破，还吐着舌头。施皮格尔夫人顿时尖叫起来。

"彼时是5月4日，我结婚那天的早晨，但新郎却摊上了大事。

"警方赶到现场，检查了尸体，并从施皮格尔夫妇那里得知了电话和访客的事。他们对那通电话的部分内容尤其感兴趣——'你现在依然是自由身（You're still a free man），不是吗？你可以随心所欲!'

"除了一个马上就要告别单身，即将结婚的人以外，萨迪还会对谁说这些话？于是警方前往迪兰西街，将门德尔拉下床，逮捕了他。"

"证据相当薄弱，"我说，"我们现在不会以这种理由抓人。"

"抱歉，我忘了提，"老妈说，"还有另一样证据。萨迪那房间的地板上一片狼藉，其中包括一支崭新、带笔夹的钢笔，上面刻着门德尔的姓名首字母。"

米尔纳探长深吸了一口气，脸上流露出关切的神情，仿佛他是我爸最亲密的朋友，而谋杀案就发生在昨日。

"这还没完，"老妈接着说，"警方问门德尔昨晚离开家后去了哪里。门德尔说他不知道。他当时上了地铁，不知坐了多久，下车时甚至没注意到是哪一站。他在街上走了一会儿——他说不清是哪条街，只记得路人都在嘲笑他戴的小圆帽——然后坐在一个小公园的长凳上。他说不出是哪个公园，也不记得待了多久。最终，他起身回到地铁站，结果发现口袋里没有钱，只能一路走回家。

"然后警方向他展示了那支钢笔，他非常惊讶，承认那是他的，但不知为何会出现在案发现场。警方对他的说辞很不满意——谁会满意？但门德尔始终不改口。

"紧接着，门德尔干了一件蠢事，险些让自己陷入最危险的境地。'我有罪，'他说，'我犯了戒，应当受到惩罚。'他走到父亲跟前，双膝下跪，'父亲，原谅我。你说得没错，我是个罪人！'

"警方自然以为找到了突破口。'你这是在认罪吗？'他们对他说，'你承认自己和死者见面，试图和她偷情，被她拒绝后，你恼羞成怒，杀害了她？'

"对此，门德尔只是眨了眨眼说：'我没有杀害任何人。'然后继续向父亲忏悔，直至入狱。"

老妈勉强挤出一丝微笑。

"一小时后，我在试穿婚纱时得知了这个消息，感到惊慌失措，我必须去监狱看看我的门德尔，安慰安慰他。

"我妈试图让我冷静下来。'别急着脱下你的婚纱，'她说，'小心点，别扯破了。'但她最终还是没有阻止我，因为她和我脑子里都有同样的想法——我可能再也不需要这件婚纱了。"

就在这时，我们听到一个女人在窗外喊："赫比，赶快上来，否则你就有大麻烦了！听到了吗，赫比？"

这句话打破了魔咒，把我们从四十五年前的下东区拉了回来。我们从摇摇欲坠的廉租房和狭窄的街道回到了大广场街，看见了电视天线，听见了微弱的因为空调振动发出的嗡嗡声。

"我的老天，妈，"雪莉说，"到底是怎么回事？"

"怎么回事？"老妈的笑容掩不住眼底藏着的哀伤，言语中又恢复了几分尖酸，"我们今晚都在这里，整整齐齐，难道不是吗？这说明我最终还是穿上了婚纱。"

"你洗清了丈夫的嫌疑？"米尔纳探长问，"你破案了？"

"我怎么可能在那种情况下破案呢？我当时才刚成年，即使是在正常情况下，即使深爱的男人没有被关进监狱，我也会有点歇斯底里。所以，解决问题的人不是我，而是我妈。

"刚脱下婚纱，换上普通的衣服，我妈就让我安静地坐在沙发上，递给我一杯苏打水，握住我的手。

"'好了，'她说，'咱们花一分钟讨论一下情况。咱们跑

到监狱里哭哭啼啼，对门德尔没有任何好处，你只会把他也弄哭。我们现在需要想办法证明他是无辜的。'

"'妈，你相信他是无辜的吗？'我问。

"'我当然相信，'我妈说，'像门德尔这种玩纸牌游戏都不作弊的好孩子，哪怕喝了全纽约的香槟，也不可能背着你见别的姑娘，更别提杀人。他太心慈手软了，连一只蟑螂都弄不死。'我妈死死盯着我，'那你呢，宝贝？你相信他是无辜的吗？你确实爱他，但是心存疑虑？'

"我向我妈发誓，我绝对没有怀疑门德尔。这是实话，但得知我妈相信我时，我还是松了一口气。我对门德尔的信任完全基于恋人之间的感情。在我妈的支持下，这份信任突然有了一些道理——我们没准能帮门德尔洗清嫌疑。

"'那好，我们回顾一下事情经过吧。'老妈搓着手，就像当年找回金斯基夫人的糖罐时那样。在接下来的半小时里，我和我妈把警方、邻居以及门德尔的母亲告诉我们的信息相互之间复述了三四遍。我一直全神贯注，试图用我妈的方式去寻找，去思考。我不知曾多少次对自己说，我也能像老妈一样解决问题！此刻正是大好时机，我的门德尔危在旦夕。是时候证明我并不是一个只会说大话的人。

"半小时后，我还是没有任何想法。但突然间，我妈露出灿烂的笑容，点了点头。'很好，很好，我好像明白了，'她说，'宝贝，你现在可以跑到监狱里为门德尔哭泣了，但也别忘了问他一个问题。然后你得顺便去见见那家店的领班格罗斯菲尔德，也问他一个问题，最后再问问房东施皮格尔夫妇。与此同时，我会上楼去，对门德尔可怜的爸妈表示一些同情，我也会向他们问一个问题。'

"我妈说出了她的问题，虽然这问题让我摸不着头脑，但我还是同意了——在那个年代，当一位母亲要求孩子做某事时，你必须照做，不能有任何异议。

"在监狱里，警方让我和门德尔隔着一张桌子交谈。我首先表明我爱她，相信他，然后恳求他告诉我昨晚的真实情况，要是有证人的话，他应当把他们的名字告诉警方。但门德尔却只是摇摇头，告诉我他不是什么杀人犯，然后就不愿多说了。

"眼见无法让他恢复理智，我只好换个法子，问起了我妈交代的问题：'你昨晚离家之前有换衣服吗？'

"'我哪有时间换衣服？'门德尔说，'我一回家就和我爸大吵了一架，然后就跑出去了。你为什么问这个？'

"我也不知道。我只能给他一个吻，告诉他不要失去希望，然后前往下一个目的地。由于员工出了事，弗里德曼当天没有营业，所以我去了格罗斯菲尔德住的那栋楼。他住的顶层有四个房间，他的妻子躺在床上，浑身药味，五个孩子闹个不停。

"让我的声音盖过喧闹声并不容易。我对格罗斯菲尔德说：'你能不能告诉我，门德尔在派对上是否曾觉得恶心反胃？他有去男厕所呕吐过吗？'

"这个问题同样让我无法理解。门德尔当时的身体状况重要吗？法官并不会因杀人犯行凶时肚子不舒服就判他无罪。'其实，'格罗斯菲尔德回答，'门德尔当时确实不太对劲，他走之前跑进男厕所待了十分钟，出来的时候脸都绿了。'我谢过格罗斯菲尔德，然后前往萨迪·凯兹租住的那栋公寓。

"警方仍守在门口，我只能声称自己有要紧的事，好说歹说他们才肯放行。施皮格尔夫人当时正躺在沙发上，由于亲眼见到一具尸体，她仍然处于震惊状态，施皮格尔先生正在为她扇风。但我从施皮格尔夫人的眼神中发现了一丝兴奋，也许她很享受成为众人关注的焦点。

"我为自己在特殊时期上门打扰表示歉意，这足以让她开口。但我妈交代的问题比前两个更莫名其妙：'我听说您二位都是戏剧爱好者。请问你们更喜欢美国戏剧还是意第绪戏剧？'

"当我说出这个问题后，他们看起来十分困惑，但他们的困惑程度尚不及我的一半！他们回答称自己大部分时间都去意第绪剧院。施皮格尔夫人说，'美国演员的台词说得太快了，老是让人跟不上'。施皮格尔先生补充，'也许会让自己错过一些笑话'。

"我郑重地感谢了他们，然后回家把所有问题的答案告诉了我妈。她马上搓着手说：'很好！非常好！我刚才也问了一个问题，得到了令人满意的答案。楼上的哭声不绝于耳，我根本插不进话，只好把门德尔的母亲拉到一边，问她昨晚掏

儿子的口袋时，有没有注意到里面还剩多少薄荷糖。她说她根本没发现什么薄荷糖。宝贝，你对此有何想法？'

"我对她说：'妈，我真想大哭一场。警方声称我的未婚夫杀了一个女人，而你却担心他吃了太多糖果！'

"我妈没有生气。她说：'宝贝，动动脑筋。你已经知道了所有线索，你已经得到了所有问题的答案，所以——你现在应该能够证明谁是凶手。'

"这就是四十五年前的5月4日上午十一点，我妈对我说的话，也是此刻我对你们说的话。"老妈顿了顿，凝视着我们所有人，像往常一样，一脸满足。她心里清楚，我们一定会承认自己的愚蠢，并请求她给出解释。

"我没搞懂，"米尔纳探长说，"门德尔的案子——在我看来，你丈夫的嫌疑很大。"

"这件案子相当棘手，"老妈说，"由于门德尔拿不出不在场证明，也找不到证人，我妈只能凭一己之力弄清门德尔当时到底在哪，这样即使没有他的合作，警方也能找到证人。"

"可如果真的有证人，"雪莉说，"他为什么不愿意说？一个无辜之人，怎么会甘愿让人们认为他是凶手！"

"怎么不会？"老妈语气温和，"也许在他看来，有件事比谋杀案还要恶劣。"

这句话顿时让我们陷入沉思。然后探长开口问："那到底是什么事？"

"事关一个人如何成长，"老妈说，"他曾被教导要关心什么、尊重什么、敬畏什么。我会一步一步阐明，就像我妈那样。

"'从八点到深夜这段时间，门德尔去了哪里？'我妈问，'他去了一个地方，那里的人都嘲笑他戴的小圆帽。宝贝，这对你来说意味着什么？'

"我回答：'这意味着他去了一个没有犹太人的社区。无论天气是冷是热，无论是在室内还是室外，犹太男性都应该头戴小圆帽，这是宗教的影响，以示对上帝的虔诚。在犹太社区，没有人会因看见一名戴帽子的男性而惊讶。'

"'的确如此，'老妈说，'但你只说对了一半。我和你讲过多少次？——一知半解和浑然无知一样糟糕。即便是在一个没有犹太人的社区，一个戴着帽子走在街上的男人有什么好奇怪的？当时是五月初，天气还没热到戴帽子会被当作是一件可笑之事的地步。'

"'妈，你是说，门德尔撒了个谎？'

"'关于被人取笑这一点，他说的是实话。但他为什么要编这样一个故事？因为在向警方回答时，他突然意识到自己不能全盘托出，否则就必须解释一些他不想解释的事。当那些人嘲笑他戴的帽子时，他并非走在街上，而是在室内，在某个应当脱下帽子的地方，但他没有脱，在其他人眼里，这很滑稽。'

"我当时也没有意识到这一点，有些懊恼，所以装作若无其事。'室内或室外有什么区别？'我对我妈说，'没准门德尔

是在坐地铁的时候被人嘲笑。'

"'如果真是这样,'我妈说,'他为什么要撒谎,说自己当时走在街上?更何况,在地铁里戴帽子有什么好笑的?宝贝,相信我,门德尔昨晚肯定去了某个地方。你觉得会是哪里?'

"我无法回答,脑子里一团乱麻。于是我妈说:'再想一想,宝贝,想一想,门德尔口袋里的钱去了哪里?'

"'等一下,等一下,'我灵光一闪,'昨晚从店里回家的路上,门德尔走进一家糖果店,买了一卷薄荷糖。'从我妈激动的表情来看,我应该走对了方向。

"'然后呢,宝贝?'

"'他付了钱,把零钱放进口袋,然后回家和父亲吵了一架,又跑了出去,没有换衣服。他乘坐地铁,在外面待了几个小时,然后决定回家。但当他回到地铁站时,却发现口袋里没有钱!他的零钱哪去了?一卷薄荷糖五美分,坐一趟地铁五美分,他应该还剩九十美分。是被人偷了吗?不可能。门德尔看着就不像有钱的样子,不会吸引扒手。也就是说,他花掉了这九十美分。妈!他进了一家需要脱帽子的店,花了这九十美分。'

"'很好,很好,'我妈说,'再想一想,你通常会在什么样的店里脱帽子?'

"我瞬间一句话也答不出来。突然间,我的大脑又宕机了。我妈摇摇头说:'宝贝,你已经用薄荷糖开了个好头,为什么不顺着这条思路继续思考？昨晚门德尔在回家的路上买了一卷薄荷糖，但他当时没有吃，而是把薄荷糖放进口袋，他忘了这回事。深夜，当他回家睡觉时，母亲翻了翻他的口袋，然后发现了什么？什么都没有。在离家的四小时之内，他吃光了所有的薄荷糖，这是为什么？'

"'因为他饿了，'我说，'因为他没吃晚餐？'

"'一个正在长身体的年轻人会用一卷薄荷糖当晚餐吗？薄荷糖还有另一个用处，不是吗？他当初之所以买薄荷糖——'

"'是为了掩盖嘴里的酒气，不让他爸发现，'我说，'可是妈，这理由已经不成立了，门德尔他爸当时已经知道儿子喝醉了。'

"'没错，关键就在于此，'我妈说，'他依然吃光了薄荷糖。为什么？也许是为了掩盖——'

"我打断了她，因为我终于意识到了真相。'掩盖别的气味！对不对，妈？他当时去的是一家餐厅！不然为什么大家要脱帽子？他饿了，于是走进餐厅，坐在一张餐桌旁，点了一份九十美分的东西。妈，他一定吃了什么，所以要用一整卷薄荷糖来掩盖它的气味，所以当他深夜回到家时，才会进卫生间，想把它吐出来！'

"'你的说法很有道理，'我妈说，'但你确定不是因为那瓶香槟吗？''不可能，'我马上回答，'格罗斯菲尔德说过，他当时已经吐过一次了。所以他回家之后呕吐，肯定是因为

别的东西，因为他在那家餐厅吃的东西——'

"'恭喜你，答对了，'我妈看起来十分自豪，'那么告诉我，宝贝，什么食物会让门德尔觉得如此恶心？是什么让他感到如此羞愧，以至于不得不用薄荷糖掩盖？'

"'妈，我不知道！'我差点哭了出来，'我怎么知道他在那家餐厅吃了什么，就算知道了又能怎样，这能让他出狱吗？'

"我妈把我抱在怀里，拍了拍我的肩膀。'宝贝，你当然可以，'她说，'只要你静下心，就会发现这一切是多么清晰明了。门德尔是个安静害羞的孩子，他昨晚终于开口为自己辩护，他终于告诉父亲，他要过自己的生活。显然，当他离家出走时，他已经失去理智——彻底失去了理智，因为他对父亲的怨气已经积攒了二十一年。'

"'他要干一些让父亲绝望的事！让父亲知道，他再也不会任人摆布！然后，门德尔下了地铁，看见一家餐厅，决定做他所能想到的最恶劣之事。他走进餐厅点了一盘——'

"'猪肉！'我止住泪水，脱口而出。

"'不然还能是什么？'我妈说，'猪肉、火腿或培根——这些都是禁食之物，对门德尔这种保守的犹太人来说，吃这些东西相当于给了上帝一耳光。他吃下猪肉，一时间觉得自己做了件非常勇敢的事。'

"'但二十一年建立起来的信仰不会在一夜之间崩塌。突然间，门德尔的勇气消失了，他满心羞愧，害怕上帝会降下

雷霆之怒。最糟糕的是，父亲一定不会原谅他。无论怎样，他都不能让父亲发现这件事！'

"'于是他跑出餐厅，把所有的薄荷糖塞进嘴里。回到家后，他终于忍不住，跑进浴室大吐一场。第二天早上，当警方指控他谋杀萨迪·凯兹时，他陷入了一个极其可怕的两难境地。要想自证清白，他就必须把昨晚的事告诉警方，但他绝不能这么做。哪怕全世界都认为他是个杀人犯，也不能让父亲知道儿子触犯了禁忌。'

"听完我妈的话，我顿时如释重负，又喜又气。'所以他才说自己有罪？所以他才会说自己是个罪人？门德尔——他怎么会蠢到这种地步？'

"'很多人二十一岁时都这么蠢，'我妈说，'所以我们必须帮他一把，宝贝。我们得把这件事告诉警方，让他们找到那家餐厅，相信我，很快就会有人想起，那个不肯脱帽子的瘦弱小伙。'

"果然，又被我妈说中了。警方在下午三点找到了那家餐厅，我的门德尔于四点出狱，五点准时和我结婚。从此我们幸福地生活了三十二年。"

我们沉默片刻，然后同时发问。

"既然那个女人不是公公杀的，凶手到底是谁？"

"为什么我爸的钢笔会出现在案发现场？"我说，"你如何解释萨迪·凯兹遇害当晚接到的电话？"

"你刚才为什么说，"米尔纳探长问，"我们正在办的案子让你想起了这桩旧案？为什么要将你丈夫和拉斐尔进行对比？"

老妈选择先回答最后一个问题。

"我会告诉你的，"她说，"但你得先回答我两个问题。"她竖起一根手指，"首先，最近这几个月，自从拉斐尔开始深夜不归，他的日常开销是否变大，比如他开始穿名贵的衣服，给女友买贵重的礼物？"

"显然没有。在过去的四个月里，他姐姐和母亲都没有看到他穿任何新衣服。他女友罗莎·梅伦德斯声称，他甚至不像以前那样经常带她去看电影。"

"其次，"老妈继续问，"高中时期，他是否上过组装拆卸之类的课程？"

"你是说职业培训？从来没有。他在校时一直拒绝参加这类课程——也许是因为叛逆，他父亲是希望儿子参加。"

老妈点了点头。

"谢谢，果然不出我所料。如你所言，真相确实一目了然。"

米尔纳探长脸上又出现了那种惋惜的表情。

"你是说，你帮不了那孩子？你也同意我们的看法，认为他有罪吗？"

"妈，你不用太在意，"雪莉说，"他的罪行如此显而易见——"

"显而易见？"老妈摇了摇头，"我妈多年前就曾告诉我，妄下结论是会栽大跟头的。数月以来，拉斐尔晚餐后便出门，直到深夜才回家，他不告诉任何人自己去了哪里，所以大家自顾自地得出结论，认为他加入了帮派，在干违法勾当。"

米尔纳探长说："不然还能——"

"而所谓的违法勾当，"老妈继续说道，"只发生在周一至周五的晚上。在周六和周日，他会像往常一样和女友见面。你们不觉得滑稽吗？这帮不法分子居然会在周末休假？"

"还有一件更滑稽的事，他干了几个月的违法勾当，非但没有赚更多的钱，反而更加拮据。那么，他的违法所得去哪了？答案是，他从来没有违法，也没有加入帮派。"

"可是妈，"我说，"一周前，他给家里打电话时，他父亲听到的对话——"

"那段对话更是滑天下之大稽。你还记得具体内容吗？'谁怕那些警探？要是有条子敢挡我的道，我会让他吃不了兜着走！'我不是什么帮派老大，但我经常读报纸，看电视，听附近的小孩聊天。要是我说的有问题，请你们指正。据我观察，现在的小混混不会说'条子'和'吃不了兜着走'之类的话，这些已经是几十年前的流行语。事实上，在亨弗莱·鲍嘉[1]和爱德华·罗宾逊[2]主演的老电影中，他们经常这么说。"

---

[1] 亨弗莱·鲍嘉：Humphrey Bogart，美国著名男演员，曾主演《马耳他之鹰》和《卡萨布兰卡》。——译者注

[2] 爱德华·罗宾逊：Edward G. Robinson，美国著名男演员，曾主演《双重赔偿》和《血红街道》。——译者注

米尔纳探长拍案而起。

"你的意思是——"

"没错,"老妈说,"那段对话听起来很像老电影里的台词。假设真是这样,如今还有哪里会播放老电影?当然是电视里,我说得对吗?上周奥蒂斯先生接电话时,听到的是电视里播放的一部老电影里的台词。"

"这能说明什么?"雪莉说,"也许帮派成员碰巧正在看电视——"

"请你再仔细想想,"老妈说,"我妈说过,一知半解和浑然无知一样糟糕。为什么拉斐尔会打那个电话?因为他当天下午修过电视,他想了解电视的情况。但这必然需要一些知识和经验,而拉斐尔从未接受职业培训。所以我不禁自问,他究竟是从哪里学会了如何修理电视?要想得出答案,我们必须结合所有已知的信息。

"数月以来,他每晚都要在外面待四个小时,只在周六和周日休息;他的日常开销非但没有增加,反而开始减少;他去的地方有一台电视,不知为何,他突然具备了修理电视的本领。

"你们说,这像是一个混帮派、干违法勾当的人吗?我怎么觉得他更像是在上夜校,学习如何成为一名电视修理工,以便找到一份好工作,迎娶心爱的姑娘?"

米尔纳探长起初有些兴奋,然后又摇了摇头。

"如果他这几个月一直在做这件事,包括案发当晚,那他为什么不告诉我们？为什么不告诉他的父母？"

老妈再次露出苦笑。

"年青一代的想法，"她说，"会随着时间的推移而发生改变吗？犹太小伙生活在东区，波多黎各小伙生活在西区，两者相隔四十五年，但他们归根到底是两个大男孩，内心有着同样的感受，他们也同样愚蠢。拉斐尔就像我的门德尔，对他们来说，有些事比因谋杀而被捕更糟糕。对这两个年轻人来说，不让父亲发现自己的秘密，才是最重要的。"

"妈，你这话不合逻辑，"雪莉提出质疑，"你的未婚夫干出了他的父亲无法容忍的事，自然不想被发现。但是这个姓奥蒂斯的小伙子，照你的话说，一直在做父亲会赞同的事，他为何试图隐瞒？"

"你已经给出了答案。因为他父亲也赞同。其实，在他上高中时，他父亲就已经为他指明了路，结果被他断然拒绝。几个月前，他终于发现父亲是对的，于是报名上了夜校，此后一直在努力学习。但他不想向自己失败的父亲承认这一点。他不想听到'我早就告诉过你'之类的话。这世上有什么东西比得过男人的尊严？

"一段时间后，父子俩陷入了恶性循环，拉斐尔坚决不肯说他晚上去了哪里，导致父亲火气越来越大，也让拉斐尔更加执拗。直到最后，即使被警方逮捕，他也无法放下面子和尊严，告知父亲真相。这听起来确实不太合理——对年龄大于十八岁的人来说。"

米尔纳探长喜上眉梢。

"我明天会把所有的夜校都找出来!"他说,"那孩子的母亲一定会转悲为喜——"

老妈的脸上掠过一道阴影。

"我不这么觉得。"她说。

探长疑惑地抬头看向她。

"为什么——"

"拉斐尔没有杀害出租车司机,"老妈说,"但是,他的红色夹克和黑色摩托车皮帽却出现在了案发现场。戴维,你亲眼见过,我不会怀疑你的视力。既然拉斐尔是无辜的,那么,凶手究竟是谁?"

"妈,他当晚外出时确实穿着那套衣服。他父母都这么说。"

"的确。他每晚外出时都是这样,尽管父亲不想让他这么穿。可当他到达夜校时,还会是这身行头吗?他不能穿着如此吸引眼球的衣服出现在那里。他应该像其他认真努力的学生那样,穿一套干净整洁的衣服。所以,在到达学校之前,他必须找一个地方换衣服,放学后再回到那个地方,重新穿上那件夹克。

"他在哪能找到这样一个地方?一间酒店客房?可他怎么负担得起。请朋友帮忙?他能信得过谁?只有一个人。他的姐姐叫什么名字来着?——伊内兹。她比他大一岁,住在市中心的一家酒店,与父亲的矛盾更深。案发当晚,拉斐尔像往常一样，把自己的红色夹克和黑色皮帽寄存在她那里。弟弟离开后，伊内兹穿上他的夹克，戴上他的帽子，外出作案。这对她来说是个完美的伪装，因为出租车司机会向警方发誓，劫匪是一名男性。"

"拉斐尔是个瘦弱的小伙子！"我惊觉，"再加上姐弟俩外貌相近，难怪帕拉佐认定他是凶手！"

"不止他一个人，"老妈说，"你也上当了。"

我们相顾无言。然后，米尔纳探长轻轻叹了口气。

"我今晚会叫人去逮捕她，"他说，"估计还得通知一下她母亲——"

我们再次陷入沉默，直到雪莉忍不住提问。

"妈，"她突然问道，"你还没讲完那桩旧案呢，究竟是谁杀了萨迪·凯兹？"

老妈转向雪莉，对她笑了一会儿，然后说："我没告诉你们吗？抱歉，是我的错。破案的人也是我妈。"

"她能解释那支钢笔吗？"雪莉说，"还有那通电话。"

"在我妈看来，那通电话是最关键的破案线索，"老妈说，"为什么警方认为打电话的人是门德尔？他们为什么认为门德尔是萨迪邀请的人？她身边有很多男人，为何警方偏偏盯上了门德尔？

"我妈指出，这都是因为萨迪在电话里对那个男人说，'怕什么？你现在依然是自由身，不是吗？你可以随心所欲'。除了一个即将结婚的单身男人，萨迪还能对谁说这些话？因此门德尔是唯一答案。

"但是门德尔有不在场证明,在电话里与萨迪交流的人不是他。所以,如我妈所言,'也许是这句话本身出了问题。毕竟,当时听到这句话的人是谁?施皮格尔夫妇是两个五年前才从德国移民而来的老人,他们的英语水平不怎么样,所以更喜欢意第绪戏剧而非美国戏剧。那么,会不会是这两个人误听了萨迪·凯兹的话?'

"我马上明白了她的意思。'妈,这才是答案!施皮格尔夫妇认为萨迪·凯兹说的是"你现在依然是自由身"(You're still a free man),但实际上她说的是"你是弗里德曼"(You're Friedman),对吗?原来是弗里德曼,她的老板,她一直和他暧昧不清,他就是那个一直约她出去的男人。那天晚上他打电话给她,想见见她。她坚持让他亲自上门,当他说自己害怕被人看见时,她不以为意,回答称像他这样的大人物可以为所欲为。'

"'于是他来到那栋公寓,和她一起上楼。也许他想结束这段婚外情,也许萨迪生气了,威胁要将这段关系告诉他的妻子,所以他勒死了她。至于钢笔,妈,昨天门德尔到家时,不是曾站在门口发酒疯,向人们展示那支钢笔吗?萨迪·凯兹不是在那一刻跑到他跟前,搂住了他?也许门德尔一时惊讶,钢笔不见了,随后被萨迪无意识捡走,这就是钢笔出现在案发现场的原因!'

"我止住话音,等着我妈夸我是个多么聪明的侦探,但她却只是摇了摇头。

"'你总是一知半解,'她说,'You're still a free man,怎么可能会听成You're Friedman?still去哪了?a去哪了?就算英语听力不太好,也应当会注意到。萨迪在电话里说的话,应该更接近施皮格尔夫妇自以为听到的话。'

"'妈,她到底说了什么?'

"'宝贝,'我妈说,'众所周知,善妒的妻子比拮据的丈夫更容易犯下谋杀罪。'

"'是弗里德曼夫人?她怎么——'

"'怎么不可能?'我妈说,'她发现丈夫有了外遇,于是打电话给萨迪·凯兹,要求和她当面谈谈。她原本想在家见萨迪,但对方却想让这位富婆亲自上门。"怕什么?"萨迪对她说,"你可是史黛拉·弗里德曼(You're Stella Friedman),不是吗?你可以随心所欲。"果然,大约一小时后,史黛拉·弗里德曼随心所欲地将萨迪勒死了!'"

老妈顿了顿,喘了口气,然后平静地继续说道,"顺带一提,在法庭上,陪审团以间歇性精神失常为由判她无罪"。

老妈的回忆到此结束,我总算松了一口气,看来我担心的事并没有发生。她回忆起旧时之事,回忆起结婚之日,但看上去还是一如既往地快乐。

然后我的心又沉了下去。突然间,老妈的眼里噙满泪水。

"怎么了?"米尔纳探长关切地问,"需要我帮忙吗?"

"我没事,我没事,"老妈说,"我只是在想,今日的年青一代，旧时的年青一代，也许终究会有不同。可怜的门德尔，为了不让父亲因他而羞愧，他已做好赴死的准备。而这个姓奥蒂斯的小伙子，却不想让父亲因他而自豪。"

她缓缓摇头。

"我们如今生活在一个荒唐的世界里，估计我妈不会喜欢。幸好她已经安然去世了。"

老妈低下头。片刻后，她掏出一块手帕，擦了擦鼻子。当她抬起头时，笑容又回到了她的脸上。

"该吃甜点了，"她说，"探长，我为你烤了一块天使蛋糕①！"

老妈站起身，像一位引领胜利之师的将军，大步走向厨房。

---

① 天使蛋糕：angel cake，用蛋白等做成的脱脂松软蛋糕，常为环状。——译者注